────── 阅读之前 没有真相

午 夜 文 库

深藏于骨

赵婧怡 著

新 星 出 版 社　NEW STAR PRESS

序章

大风天气已经持续了好几天。

凛冽的寒风带着呼啸声吹打着不太牢靠的窗框和门板,带来一阵阵闷响,似乎随时都能将这间小屋撕裂。

马雪莹用自己唯一的厚棉袄紧紧裹住怀里的婴儿。

婴儿刚出生不久,眼睛都还没完全张开,然而,这孩子像是感知到了外界的环境,就在大风刮过的当口,突然大声地哭了起来。

马雪莹用手轻轻拍着婴儿。她想安抚这个孩子,却又全然不知该怎么做,只是本能般一边摇晃着婴儿,一边发出无意义的低吟。只穿了一件破旧毛衣的她似乎并不觉得冷,怀中的这个孩子像是给了她全世界的温暖。

婴儿竟然真的停止了哭闹,不知是她的安抚起了效,还是因为孩子哭累了。

马雪莹产生了一种奇妙的感觉。之前这个孩子在她体内成长的时候,除了身体上的不适外她几乎没有其他特别的感觉了。毕竟那时她也才刚刚离开学校,连自己的人生都没弄明白,就突然成为母亲了。

然而当这个小小的生命真的降生,被送到她的怀中时,她的内心突然产生了一种不知从何而来,却无比强烈的情绪。

这个无比依赖她的小小生命，也赋予了她新的生命力。她突然迫切地想要将世间一切美好的东西都交到这个孩子手中。可她所生活的环境给不了这个孩子任何东西。她知道，如果继续这样毫无目的地生活，怀中的这个孩子早晚也会和她一样，浑浑噩噩地在这块贫穷的土地上度过几十年，在这个无望的地方抵达生命的尽头。

不，她绝不允许这样的事情发生。她闭上眼睛，似乎能够看到怀中的孩子长大了，穿着破旧的衣服，蓬头垢面，眼神麻木，就坐在家中那破破烂烂的门槛边。

这个小小的生命应该拥有更好的生活。要像电视里那些城里的孩子，住在宽敞明亮的房子里，穿着整洁的校服，在窗明几净的教室里读书……否则生下这个孩子又有什么意义呢？她一直无法理解身边的那些人，他们毫无意识地生孩子，一个又一个，孩子们就周而复始地在这穷苦的环境中生活。她无法理解。

其实之前马雪莹也和周围的人一样，从未对这些事想过太多。然而不知为何，生下这个孩子之后，这些念头便不断地、不受控制地出现在她的脑海。

也许是感知到了母亲情绪的变化，婴儿又哭了起来，声音渐渐变大。哭声是无序的，甚至带有一丝怨气的，仿佛是在抱怨母亲刚才走神了，没有关注她。

马雪莹被这哭声拉回现实，她看着孩子，想去摸一下婴儿的脸，却又担心自己那冻得开裂的手指会伤到孩子娇嫩的肌肤……

在这一瞬间，她下定了决心。为了孩子，不管要她做什么，不管多苦多累，哪怕是去犯罪，她也一定不会退缩。

1

最近几天东阳市一直持续高温，但热浪并未让这座新兴城市停止运转。

在东阳市南区，有一处废弃已久的垃圾场。过去这里有一片化工厂，污水全都直接排进水沟，稍微靠近就能闻到一股恶臭。后来化工厂倒闭，这里成了"三不管"地区，周边也无人居住，经常方圆几百米内一个人影都没有，可以说是市里改建计划的历史遗留问题。

周宇下了车，皮鞋踩在松软的泥土上，有一种黏糊糊的感觉，他不禁皱起了眉头。脚上的这双鞋是为晚上父母安排的"活动"才穿的，说是一起去亲戚家"走走"，吃个饭，但肯定又是精心安排的相亲局。周宇只有一套西装，还是几年前给大学同学当伴郎时买的，后来很少穿，现在也不怎么合身了。但是上次去亲戚家"走走"时，父母因为他随便穿了件T恤而唠叨了好久。所以他昨晚还是翻箱倒柜，找出了这套西装，里面又搭配了件短袖衬衫。

没想到上午接到陈局长的电话，有市民通过一一〇报案，说在这里发现了尸体。陈局解释说按程序来，应该是由刑警队的刘队长接手此案，但目前刘队正带着局里的大部分骨干刑警配合省局破一起大案，因此就安排副队长周宇来调查。周宇是从基层一点点升上来的，他办案能力强，也没少受陈局提点。这次陈局直接打电话给他，他便想也没想就马上来了现场。

听说这次家里亲戚准备给周宇介绍的是一位幼儿园老师，周宇最不喜欢小孩子，也对小孩子的话题毫无兴趣，一想到晚上他就头大。这也导致他今天的心情莫名地有些烦躁。

"哟，来啦。"

法医老袁正蹲在地上，地上有一个土坑，泥土翻在一边堆着。显然尸体已经被运走了。

老袁摘了手套，从口袋里掏了根烟点上，头也不抬地问："今天穿得挺精神啊，晚上有约会？"

队里的人都知道周宇单身，平时也没少给他介绍对象。周宇摆了摆手，说："没有，就陪父母走走亲戚。"

老袁意味深长地笑了笑。

"怎么样？"周宇又靠近了一步，问道。

"死者为男性，年龄在五十到六十岁之间。头部有遭到钝物击打的痕迹。具体死因还要确认。根据尸体状况来看，初步预测死亡时间在发现前二十四小时到四十八小时范围内。"

周宇点了点头。

"死者的个人物品呢？"

"没什么个人物品，死者应该是在别的地方遇害，然后被搬到这里的。"老袁站起身，打量了一下四周，"这地方荒郊野岭的，也没个人经过，要不是今天有个捡破烂儿的来扒垃圾，真不知道什么时候能发现。"

周宇叹了口气。的确，他刚下车就闻到了刺鼻的臭味，还想着等会儿回办公室要喷点儿花露水，不然肯定又被父母念叨。

这时老袁突然冲他使了个眼色，然后一歪头，扬了扬下巴。

周宇转过头一看，不远处，一个穿着黑衬衫、黑西裤，年纪约莫二十多岁的女孩正朝这边走来。女孩扎着马尾，戴一副黑框眼镜，像个要去面试的大学生。

周宇搞不清状况，刚想询问老袁，女孩已经在他身边站定，开口问道："您是周副队长吧？我是方纹，陈局跟您说过了吧？"

周宇暗自喷了一声。他这才想起前几天陈局跟他说，有个刚从省公安大学毕业的女孩要来队里实习，安排到他这儿了。

记得陈局还说方纹的爸爸是本市小有名气的商人，和区里的领导都颇有交情。来队里实习也是上面打过招呼，让帮忙关照的。

周宇仔细打量了一下这个女孩。方纹虽算不上美女，但白白净净，眼睛很大，一看便是从小在优越的环境中长大的孩子。也不知道家境这么好的女孩为何要特意跑来吃这种苦头。

他冲方纹点了点头，简单介绍了一下情况，并且强调可以跟着配合调查，但是必须听他的指挥，而且关于案件的任何信息都要严格保密。

方纹拿出笔记本，认真地把周宇说的要点一一记了下来。

"啊，对，这地方挺偏的，你怎么来的？"

"我、我……"方纹有点拘谨地指了指不远处，说，"我开车过来的。"

周宇看向她指的方向，停着一辆粉色的mini cooper，在长满杂草的垃圾场边显得极不协调。

"……哦，挺好，不过我们出去办案子的话你那车可能坐不下，以后别开了。"

"啊？"方纹眨了眨眼，愣了几秒，然后似乎想到了什么，马上笑着说，"没事没事，我还有辆奥迪，明天我开那个，肯定能坐下。"

老袁"扑哧"笑出了声，周宇怔了怔，急急忙忙地说道："行了，那个，你别碰现场的东西啊，万事都要听我指挥。"

方纹点了点头。

警方几乎没在现场找到属于死者的个人物品，也没有能证明死者身份的东西。唯一值得一提的是一张从死者裤子口袋中掉出的纸条，上面写着"牛肉面 矿泉水 香烟 啤酒 打火机"，似乎是一份购物单。

周宇在了解完现场的大致情况后，命令警员们分成几个小队：一队继续挖掘尸体发现地，寻找与死者有关的物品；一队去周边走访，看看有没有目击证人；一队去附近寻找监控摄像头；还有一队回局里梳理最近东阳市失踪人口的上报情况，看看有没有能和死者对上的。

"对了，报案人呢？"

一名警员马上带来在现场一辆警车中等待的报案人。是一位女性，五十岁上下，皮肤黝黑，头发胡乱地扎着，穿一件脏兮兮的T恤。从她脸上的表情可以看出她还没从过度震惊中回过神来，手里还揪着一个袋子。

周宇盯着她看了看，女人慌里慌张地说："警察同志，我就是个捡垃圾的，我真的啥都不知道啊。"

"你住在哪儿？"

"那边村头底下的桥洞里。"女人抬手指了一下。

这个女人多半是个居无定所的拾荒者。

"你经常来这儿捡垃圾吗？"

"不不，这儿的垃圾都是些没人要的，我半年都不来一次。这两天没事，又听人说起来，就想着过来碰碰运气，走了好几里地呢。结果根本没什么值钱的东西，还让我碰上这个！"

女人一边说着一边摇头，露出嫌弃的神色。

"你是几点来的？"

"早上五点吧。我想着早点儿来，翻完了回去时还能去早餐店门口捡点别人吃剩下的。谁知道碰上这事……警察同事，我可真的什么都没干啊……"女人两手一摊。

"行行行，讲讲你是怎么发现尸体的。"周宇问道，眼角余光瞟到方纹从包里拿出了笔记本和笔，似乎打算现场做记录。

"我从那边马路过来，要往垃圾堆上头走的时候看到地上好像有什么东西冒出来。我还以为埋的是什么宝贝呢，结果好嘛，是一只人手！"

"当时有没有看见什么人？"

"没有，我过来的时候这儿一个人都没有！"中年女人语调夸张地说。

周宇又确认了几个问题，就示意警员将女人带回警车上。

等警员走远了，他才转而面对方纹，略显心不在焉地问道："怎么样，有什么想法？"周宇并不指望这个大小姐能说出什么有价值的想法，只是想着领导打过招呼让他关照，冷落了不好交差。

"她刚才说……有手从土里冒了出来。一般来说，凶手杀了人，要掩埋尸体，会埋得深一点吧，至少不会让尸体的一部分露出来吧。可刚才那位发现者说的现场情况，就像是故意要让人发现尸体一样。"

周宇有些意外地点了点头。他也在思考这个问题。

凶手杀了人，专门把尸体埋到这里，却又故意要让人发现尸体。这是为什么呢？

凶手是出于某种目的，希望警方能尽快发现尸体吗？可是那样的话，又为什么要把尸体埋在这么偏的地方，要不是今天恰好有个捡垃圾的过来，尸体可不会这么快就被发现。

旁边的方纹又开了口，小声说道："这个地方可真够偏的，要不是有人来捡垃圾，恐怕这尸体放十年都不会有人发现吧。"她环视四周，露出有些不愉快的表情。

放十年都不会有人发现……周宇在脑子里默默地重复了一遍这句话，突然想到了什么。

几个小时后，警方又在这片垃圾场里挖出了两具已成白骨的尸体。

2

东阳市公安局为"7·12案"举办了一次专项会议。

以尸体发现的日期定名为"7·12案",是希望媒体不要使用耸人听闻的措词。因为最近市里正举办科技论坛,由东阳市政府联合本地的几家大型科技公司一起组织,上面便要求尽量低调办案,并且切实把控舆论导向。好在尸体被发现的地方比较偏僻,也没被看热闹的群众拍下短视频上传至网络,省了不少麻烦。

周宇负责主持会议,他先介绍了基本案情。

"七月十二日,市局接到市民报警,之后在东阳市南区的一处废弃垃圾场发现了三具尸体。一号死者,性别男,年龄在五十到六十岁之间,死亡原因为头部遭到钝物击打,导致颅内出血死亡,法医推定的死亡时间为七月十日下午两点到晚上十点之间。二号死者,性别女,年龄一岁左右。死亡时间二十年以上。尸体已为白骨。三号死者,性别男,年龄在四十五至五十岁之间,死亡时间在十五年以上,头骨后方有明显裂痕,疑为曾受到撞击。左腿腿骨上打过钢钉,说明死者死前曾骨折且做过手术。另外,二号女性婴儿死者与三号男性死者之间存在直系亲属关系。通俗点说就是他们可能是父女。

"关于死者身份。一号死者,身份尚未确认。三号死者,与十五年前在本市失踪的一名叫宋远成的男性特征吻合。而该男性的女儿宋小春在二十三年前被绑架，之后再未出现，其特征与二号死者基本匹配。"

周宇一边介绍一边播放幻灯片，会议室的幕布上依次映出死者照片，以及有关两起失踪案的档案。

"三具尸体均在南区垃圾场附近被发现，周围没有居民，算是一个'三不管'区域。在附近走访没有发现目击信息，垃圾场附近也没有摄像头。"

情况介绍结束后，陈局点了点头，道："说说想法吧。"

"这起案子涉及三名死者，而三名死者的死亡时间间隔很大。又因为前两起案子的案发时间太早，关于死亡原因和作案手法，短时间内很难确定。因此，不能简单地判断是否是同一凶手所为。考虑到二号死者与三号死者的亲属关系，这两起案件应该具有一定的关联性。至于最近发生的，也就是一号死者被害案，目前还不好说。我们已经安排人手去排查最近一段时间东阳及周边县市的失踪人口报案情况，看看能不能找到符合条件的信息。同时对一号死者的随身衣物及身体特征进行进一步分析，尽量寻找更多线索。另外，我们打算对二、三号死者的失踪案进行重启调查，特别是走访当年案发时的相关人员，也许能够找到一些和一号死者有关联的信息。"

说到这里，周宇停下来，先看了陈局长一眼，又环顾了一下会议室。这停顿的几秒是给其他人一个反应和消化的时间，也是想看看领导是否有指示或意见。

无人发表意见，陈局点点头，说道："我觉得大方向是对的，如果谁有什么意见，现在可以提出来啊。"

会议室里马上响起嘈杂的人声，大家议论纷纷，大部分人对周宇的想法表示赞同。这三起时间跨度长达二十几年的案子引发了各种猜测，但讨论也都止于猜测，没人提出有建设性的意见。

讨论声持续了几分钟，周宇有些做作地清了清嗓子，开口道："这起案子还有一个疑点。"说着，他放出尸体被发现时的现场照片，"据报案人称，她是看到有两根手指露在了泥土的外面，这才急忙报警。这就产生了一个疑问，既然凶手特意选择如此偏僻的地点埋尸，又为何不全埋进去，而是刻意露出手指，就像是想让人发现尸体呢？"

这番发言引发了极其热烈的讨论，最终参会人员形成了两派看法。

一派认为这就是凶手希望尸体尽早被发现，原因有可能是凶手提前准备了精心伪造的不在场证明，尸体越早被发现，死亡时间就能确定得越精准，凶手的不在场证明就越稳固。

另一派则认为，除了凶手和被害人，也许此案还存在"第三个人"，这第三个人才是将尸体的手指挖出来的人。但这第三个人是谁，仅凭眼下的情况还无法推定。

"周宇，你觉得呢？"听完大家的观点，陈局吹了吹杯子里的茶，喝了一口，慢条斯理地问道。

"我觉得基本可以排除第一种可能性。如果想达到这个目的，凶手大可以选择一个更容易发现尸体的地方抛尸。嗯……第二种可能性也不太可能。如果说存在这样一个第三者，他知道凶手行凶并埋尸的行为，并在凶手埋尸之后又去故意把尸体挖出来一点，让尸体更容易被人发现，那他为什么不直接报警呢？或者给我们更直接的信息指向凶手……"

其实关于这个疑点周宇心里已经有了一个猜测，但是这个猜测纯粹建立在直觉与推理之上，没有任何证据佐证，因此他不想说太多。于是他将话锋一转，总结道："总之，现阶段什么都还不能确定。当下还是要先查清一号死者的身份，同时重点调查二、三号死者，也就是宋小春、宋远成当年的失踪案……"

陈局似乎很满意地看着周宇，这场会议似乎与东阳市局过去办过的大案专项会没什么不同之处，领导们也相信，在周宇的带领下，一定能早日破案。

然而，周宇心里却藏着一丝担忧。刚才同事们提到的"第三个人"如果真的存在，那么，也许现在这起案件才算刚刚开始。

3

秦思明收到了一份奇怪的快递。

快递单上既没有寄件人信息，也没有收件人信息，只是纸袋外面有黑色签字笔写着的"秦思明收"几个大字。

快递不是寄到他的大学宿舍或者家里的，而是寄到了他在大学附近租的房子。确切地说也不是"寄到"，因为快递是直接放在他的房间门口的。

他租住的小区叫"花园小区"，位于东阳大学西侧。东阳大学附近的居民区大多是建于二十世纪八九十年代的老房子，只有这个"花园小区"房龄较新，小区环境极佳，出租的房子也大多是精装修，当然租金要比其他小区贵上不少。一般东阳大学的学生租房，首选都是老小区的单间合租，只有家庭条件优越的学生才会单独去租"花园小区"的房子。也正因如此，知道秦思明住处的人并不多。

秦思明在东阳大学读硕士，为了方便上课，他大部分时间都住宿舍的四人间，只有在需要专心写论文，或者临近考试需要复习时才会来这里住。他也从未带同学或者朋友来过这里。

秦思明的家庭条件不错，母亲在一家规模不小的公司担任副总，但他不喜张扬，平时很注重保护个人隐私，从不随意透露自己的住址。照理来说应该没什么人知道他租住在这里，那么，这份快递是谁放到门口的呢?

秦思明疑惑地坐在沙发上,拆开快递袋。

快递袋里装着一张折起来的白纸,大概 B5 大小。秦思明把纸展开,发现纸上印着报纸的一部分,最醒目的地方是一则新闻报道。

东阳市发生女童绑架案

本报讯:近日,警方接到市民报警,一名一岁女童被陌生人拐走。其家长收到绑架勒索信,按照绑架者的要求提供赎金后却杳无音讯,女童现在仍然下落不明……在此提醒广大市民,如身边发生犯罪事件,务必第一时间联系警方……

? ? ?

这是什么?

秦思明疑惑地盯着手中的纸。这则报道旁边还有几则报道,从内容来看,这张报纸应该颇有些年月了。有可能那时自己还在上初中,甚至小学。

为什么有人寄来这张报纸的复印件呢?秦思明不认为这则报道与自己有任何关联。

但是快递袋上的确写着自己的名字。会不会是同名同姓,对方寄错了人?

可这个快递是直接放在房间门口的,如果是同名同姓……这也太巧了吧。

若以"快递确实是寄给自己的"这个前提来思考的话,就要查查这份报纸和自己到底有什么关系。

秦思明打开书包，取出最新款的苹果笔记本电脑，开机，连上网络。

他打开搜索引擎，输入报纸上的新闻标题，准备先搜索一下这起绑架案的基本信息。然而很快他就发现事情没有自己想得那么简单。

东阳市有两份主要报纸，是《东阳日报》和《东阳晚报》。这两家报纸都是最近几年才开始将内容电子化的，也就是说，如果是十几年前刊登的新闻，是无法在互联网上查到电子版的。

秦思明改用"东阳 女童绑架案"为关键字搜索，浏览了一些本地论坛，遗憾的是，全是一些可疑的内容。在网络世界寻找线索的计划泡汤了。

秦思明深吸了一口气，他下意识地再次拿起快递袋，想要看看还有没有其他线索。没想到快递袋中居然真的还有东西，一张照片飘了出来。

他将掉落在桌面上的照片拿起来看了一眼，可他更加无法理解了。

照片似乎拍的是一片荒地，加上天色昏暗，显得氛围可怖。更让人不快的是照片中央的几块灰白色石碑，一开始秦思明还没有意识到那是什么，直到他发现每块石碑上都有一些文字，才明白原来这照片拍的是几块墓碑！

这是什么？

把这种东西寄给我干什么？是恶作剧吗？

他知道这世上有人会出于恶作剧的心态，故意给别人寄些恶心的东西。但是他最近并没有得罪什么人，为什么会收到这种东西呢？

他试图辩认墓碑上的文字，但根本看不清楚。墓碑上的字像是用刀子刻出来的，歪歪扭扭，仿佛小孩子写的。这扭曲感让秦思明愈发觉得恐怖。

就在他整个人僵住、无法动弹的时候，手机响了，秦思明一个激灵，看向屏幕。是肖磊发来了微信。

肖磊是秦思明几年前在市内的一家外语辅导班上课时认识的朋友。

秦思明木然地拿过手机，微信里写着：

"怎么样，考完试了？最近上了个新电影好像还不错，你看了吗？"

"还有两门呢，等考完试再去看吧。"

秦思明下意识地回复着信息，突然心里动了一下。记得以前肖磊推荐过一些侦探推理类的漫画，他自己对这些所谓的"烧脑"题材不感兴趣，但印象里肖磊似乎很懂这些。

他又加了一句："今晚有空吗，有点事找你商量一下。"

秦思明高中时代学习成绩一般，只考入了一所非重点大学读本科。母亲本打算安排他毕业后出国读研究生，因此一到假期就给他报一些外语辅导班补习。怎奈几个回合下来，秦思明实在对出国留学提不起兴致，最后母亲也只好作罢。好在他大四一年用心复习，最后考上了东阳本地的一所大学读研究生，也让母亲欣慰了一些。

肖磊就是他在外语辅导班补习期间认识的朋友。秦思明平时喜欢看漫画，有一次他拿着一本挺冷门的漫画在辅导班课间休息时翻看，肖磊主动过来搭讪，说也看过这部漫画，两个人就聊了一会儿，渐渐熟络起来。

秦思明本就朋友不多，和肖磊又兴趣相投，两人经常相约一起去玩密室逃脱或者看电影。不过交情也仅止于此，秦思明像对待其他朋友一样与肖磊保持着一定的距离。

之所以选择肖磊商量这件事，有两个原因。

第一，租住在花园小区这件事，除了母亲以外，他就只对同宿舍的室友透露过，但没说过具体的门牌号。虽然直觉认为这件事和室友没太大关联，但是保险起见，秦思明还是希望找个"局外人"来商量。

第二，比起同学和家人，肖磊和他的生活圈子没有太多牵扯。秦思明有一些隐忧，他总觉得这件事背后藏着某个不可告人的秘密，他担心这个秘密被关系亲密的人知晓后，会成为日后相处的负担。

当然，也许调查到最后，发现这只是一场没头没脑的恶作剧。但眼下他还是决定慎重一点。

两人约在学校附近的一家咖啡厅见面，这里会在午餐和晚餐时间提供简餐。秦思明不太喜欢学校食堂的饭菜，只要不是赶着上课，晚饭他要么来这家店吃意面炸鸡，要么去隔壁的日料店吃寿司或者炒乌冬面。

秦思明换了一件新买的T恤，把那份"神秘快递"装进了书包，出了门。

"来了啊。"

咖啡厅的服务员小姑娘一看见他便熟络地打了声招呼。

"一位？还是海鲜意面、炸鸡块和冰可乐？"

这是秦思明平时经常点的东西。这位服务员似乎对他有点意思，每次都把他的饮料打得满满的。

秦思明个子高，穿得时髦，很有异性缘，他也早就习惯了这类来自于异性的特殊照顾。

"今天我约了朋友,来份至尊披萨吧,再加一份薯条和洋葱圈,喝的要一杯冰可乐,一杯红茶。"

没看菜单就熟门熟路地点完单后,秦思明冲服务员眨了眨眼,说道:"换发型了啊,挺好看的。"

小姑娘露出欣喜的表情,嘻嘻哈哈地记下了他点的单,去后厨送了菜单之后,特意先帮他把可乐打好端了上来。

秦思明喝了两口可乐降温,拿出iPad准备边看新下载的网剧边等,没想到刚点开视频没几分钟肖磊就到了。

"哟,最近是不是挺忙的,感觉你瘦了啊?"

"还行吧,这不是,带着电脑回家继续加班嘛。"肖磊拍了拍书包,露出有些疲惫的样子,"怎么了,有什么事吗?"

肖磊开门见山。秦思明做了个深呼吸,将今天收到神秘快递一事讲述了一遍,期间只被上餐打断了一次。

说完他打开书包,把快递袋拿给肖磊。

肖磊将面前的饮料小吃推到一边,小心地将快递袋摆在桌子上端详了起来。

"直接放在你的房间门口啊……"肖磊说着将纸袋翻转,又看了看背面。

"没错,问题就出在这里。我刚才也说了,除了我妈,没人知道我租的房子在哪儿。室友最多只知道我住的小区,不知道具体门牌号。再说,如果他们想交给我什么,把东西放在宿舍就是了,何必这么大费周章呢?"

肖磊点了点头,打开了袋子。

"也就是说,如果想要把这份快递交到你手上,有三种途径,分别是送去学校宿舍、你家,以及你租的房子。学校宿舍和你的家庭住址相对来说都比较好查,但对方却选择了最困难的一种,这是为什么呢?"

秦思明想了想。

"没有送到宿舍的原因我大概可以猜到,我们宿舍管得比较严,不是校内学生很难进去。"

"嗯,这就说明对方应该不是你的同学。那为什么没送去你家呢?会不会是因为……不想让你的家里人知道?"

秦思明歪了歪头。说起家里人,其实也就是母亲了。秦思明的父母很早就离婚了,从小到大他都是和母亲一起生活。母亲平时的工作很忙,他很不希望让母亲操心这件事。

另外,他家里有两套房子,一套是离市中心比较近的两居室,那套房子也离母亲的公司比较近;另一套是位于郊区的别墅。他平时网购留的都是学校地址,在学校登记的是市里那个住址。

见秦思明一直沉默,肖磊突然一脸严肃地抬起头,有点吓人地说道:"还有,既然没有人知道你住在那里,这份快递却送到了你家门口……恐怕你最近要小心一点了。"

"什么意思?"

"这说明很有可能有人在跟踪你啊!"

秦思明被这个想法吓了一跳。这时肖磊突然皱起眉头,似乎想到了什么。

"有点奇怪。"

"哪里奇怪?"

肖磊将那张纸放在桌上,指着中间说道:"这张纸上复印了报纸的一部分,感觉重点是中间的那则报道,但如果对方只是想让你关注这则新闻,可以只将这则绑架案的新闻剪下来再复印。

又或者，现在最方便的办法是用手机拍照，之后直接打印。没错吧？"

"好像有点道理。然后呢？"

"但是这张复印件却故意保留了其他新闻，就好像……"

"好像什么？"

"像留下线索一样。"

肖磊指着绑架案旁边的一则报道说道："你刚才也提到，报纸电子化是近几年的事，很多以前的新闻就被淹没在茫茫的废纸海洋里了。所以你在网上搜索这则新闻标题时，并没有找到有用的信息。那么，接下来该怎么办呢？去图书馆一张一张地翻找报纸效率也太低了，而这旁边的新闻，似乎就是对方给出的提示。"

"提示？你的意思是……"

秦思明拿过那张纸再次端详，在报道女童绑架案的新闻旁边是几则不痛不痒的社会新闻。某区某路段临时封闭改造，某社区进行文艺汇演……豆腐块一般的绑架案报道就和这些日常琐事挤在一起，可以想见，哪怕在当时，这起案件也没有引起太大的关注。

秦思明之前看过一些文章，似乎警方针对失踪案的调查力度远没有杀人案大。因此也可以理解当初这起案件在报纸上没占太大版面的理由。

肖磊又指着纸上的一块，说道："你看这则新闻，写着'南郊区厂房搬迁基本完成'。所以只要知道南郊区的厂房是什么时候完成搬迁的，应该就能知道这份报纸的年份了。"

说完肖磊掏出手机，噼里啪啦输入了一通，然后马上就找到了答案。

"南郊区厂房搬迁是在一九九六年到一九九七年，也就是……二十多年前。"

"二十多年前？不可能吧？！那会儿我才刚出生没多久呢。"秦思明感觉大脑一片空白。

"所以你在网上才搜不到这个案子啊。那时候别说互联网了，东阳市可能连电脑都没普及呢。"

"可二十多年前的事，能和我有什么关系？为什么要给我寄一张二十年前的报纸复印件？"秦思明露出纳闷的表情，挠了挠头。

"有两种可能。第一，这起绑架案和你有关，但你本人并不知情，寄信人希望通过这种方式让你了解到这起事件。第二种是，这起绑架案和你没什么关系，但是因为某些原因，你拥有能够'揭露真相'的能力或特质，所以对方希望你介入这件事。"

秦思明喝了一口可乐，眼睛直直地盯着肖磊。他突然觉得找肖磊真是找对人了，对方从如此有限的信息中就得出了这么多推论，让他有点佩服。

肖磊继续冷静地说道："在我看来，第二种可能性不高。但以第一种为前提来思考，又很难想到这起事件和你的关联性……硬要说的话，就是这起女童绑架案发生在东阳市，你也是东阳市本地人，也许你们之间有某种隐藏的联系也说不定。"

"可东阳市有那么多人，怎么就偏偏是我呢？我那会儿才两三岁啊……"

"等一下，"肖磊突然抬起手，"你说什么……"

"我说什么了？"秦思明愣了一下。

"……你刚才说你那会儿才两三岁？"

"是啊，那不然呢？"

"你看。"肖磊指着那则报道，"这个被绑架的女童当时一岁，你俩年龄差不多大……我在想，这其中会不会有什么关联？你小时候发生过什么特别的事情吗？"

秦思明皱着眉回想，小时候，小时候……肖磊的声音突然钻进大脑，"绑架案"，"小时候"，有什么东西在脑中闪过，模糊不清，却又确实存在。

自己似乎身处某个陌生的地方，他想寻找母亲，却找不到。自己孤身一人，不知道身在何处，只是直觉般地感觉到了危险。他试图集中精神继续探究那段记忆，却发现那些画面又都融于无尽的黑暗中。

"怎么了，想起什么了？"肖磊看他有些出神，急忙关切地问道。

秦思明回过神来，苦恼地揉着太阳穴。"好像……有什么，但具体是什么，还是想不起来。"

他自暴自弃般摇了摇头，赌气似的从快递袋中取出了那张意义不明的照片，递给肖磊。

"算了，再看看这个吧。"

肖磊饶有兴趣地拿起照片看了看。

"袋子里只有这两样东西。如果说这则绑架案报道还有些信息可循，那这张照片就实在是让我无法理解了。"

肖磊盯着照片看了一会儿。

"这张照片里的地方，你知道是哪里吗？或者你有没有听谁对你说过类似的地方？"

秦思明摇了摇头。"我在东阳市里长大的，我妈说过老家在乡下，但早就断联系了，也从来都没带我去上过坟什么的。所以……我完全不知道这是什么地方，又和我有什么关系。"

肖磊点了点头，问："我能拍一下吗？"

秦思明点点头,肖磊便用手机拍下了照片和复印件。之后两人又聊了聊其他的话题,深夜回到租住的地方时,秦思明已经轻松了一些,刚才的恐惧情绪也得到了缓解。

然而,他没想到的是,几天之后就收到了第二份快递。

4

三号死者宋远成失踪于十五年前的一个冬天。他的第一任妻子在生下女儿宋小春之后就和他离了婚,跟着别的男人去了外地。他一个人带着女儿生活,有时候让母亲帮忙照顾。女儿被绑架又失踪后,宋远成独自生活了四年,然后在邻居的介绍下认识了后来的妻子李婉。李婉再婚时带着个女儿,是和前夫生的,再婚后女儿就改名为宋迎秋。

失踪当天,宋远成像平时一样出门去摆煎饼摊。他每天都在一所中学门口摆摊,早上五点半出门,下午六点回家。那天有邻居看到了收摊回家的他。之后宋远成再次出门,他最后一次被监控摄像头拍到,是在当天晚上八点半,从一个位置偏僻的免费公园走出来。之后便像人间蒸发了一样。

他的妻子李婉当天下班之后回到家,发现丈夫不在,以为他出门找朋友喝酒看球了,并未在意。直到第二天上午发现丈夫还没回家,才去派出所报了警。女儿宋迎秋是住校生,对此事毫不知情。

警方初步调查后没发现任何有价值的线索,宋远成人很老实,交际圈很小,也没和谁结过仇。当时市里又发生了一起恶性案件,这起失踪案就没受太大重视,最后不了了之。警方认为也许是几年前女儿宋小春的失踪对宋远成造成了太大的打击,使他的精神产生了一些问题,导致他在几年后选择离家出走。

谁也没想到,十几年后,这起失踪案竟因为一名新的死者而重新被挖了出来。

如今李婉仍住在宋远成留下的一套经济适用房里。虽然是经济适用房,不过小区环境和绿化都做得不错。

周宇原本安排了一名年轻男同事一起走访,结果那名同事被其他案子临时调走,正在办公室整理资料的方纹马上自告奋勇跟了过来。还特意说今天是开着黑色奥迪来的,可以承担开车的任务。周宇无奈地答应了。

"不好意思啊,我有阵子没开车了,之前都是司机送我的。"方纹一边不熟练地在车里摸索一边解释着。

车子平稳地开着,但二人都一言不发,显得气氛有些尴尬。方纹打开了车载音响,一阵弦乐与定音鼓交替响起的音乐响起。周宇很少听音乐,对音乐的知晓程度仅限于电视和路边店里经常播放的热门歌曲。

"这是什么……古典乐?"他指着屏幕上显示的一串外语问道。

"嗯,开车时我不喜欢听有歌词的歌,容易走神。怎么了?"

"哦,没事,挺好听的。"周宇随口说了一句。其实他没觉得多好听,平时他也不爱听歌,这么回答纯属礼貌性赞同。

音响内传出的旋律听起来倒是有些耳熟,周宇甚至能跟着哼哼上几句,但他并不知道这是什么曲子。

"你也喜欢听这个?我爸刚赞助了几场东阳音乐厅的音乐会,我家里还有好几张 vip 票,你不是在相亲吗,要不我给你两张,你带——"

"打住打住。"周宇赶紧叫停,一提这事他就头大。

但是没隔几秒钟,他又觉得有点不太对劲,他可从来没在方纹面前提起过这件事。

"那个啥……你怎么知道的啊?"

"啊?知道什么?"方纹愣了一下,过了几秒钟才反应过来,"哦,你说相亲的事啊?"

周宇干咳了两声,算是默认。

"很简单啊,就……我第一天上班的时候,你穿的西装衬衫。那套西装应该是你很久以前买的,而且很久没穿过了,能闻到点樟脑球的味道。又因为这几年的身材变化,衣服已经不怎么合身了。这说明你应该是有比较特殊的事情,才把很久不穿的西装拿出来穿。"

好像有一点点道理。但又是怎么具体到"相亲"的呢?

"接下来,我发现你没事的时候会在手机上查看'附近最热门西餐厅'一类的榜单,但是你平时点外卖从来不会点西餐。所以,你是要约别人吃饭,而且还要去吃自己不喜欢的西餐。如果是带父母或者亲戚聚会,大部分人还是会选择去中餐馆热热闹闹地聚餐。答案到这里就呼之欲出了……"

方纹用有点夸张的语气说道。

周宇有点意外。他原本以为方纹只是个有点小聪明的大小姐,没想到还真有点观察能力。也许她还挺适合干这一行。

"不过最关键的是,"方纹还没说完,她刻意加重了语气,"以上这些只能作为参考,如果仅凭这些信息就下结论的话,似乎还有些草率。"

"哦?那么决定性的证据是什么?"

"昨天下午去院子里透气的时候,我听到你和你妈打电话了啊。"

方纹愉快地笑了起来。

李婉家住在十二层。周宇和方纹走进电梯，轿厢马上响起吱吱呀呀的声音，广告牌开裂得不成样子，地板上到处都是多年未曾清理的污渍。

出了电梯，左右两边各有三户。

其他几户门口多少都堆了些杂物，有的春联还没撕，一派生活气息。只有李婉家门口干干净净的，什么都没有。

周宇敲了敲门，里面传来了一阵脚步声。对方似乎先是站在门口透过猫眼看了一会儿，然后才打开了门。李婉一头短发，穿一件素色的连衣裙，眼睛里没什么神采，但也并没有想象中的"悲痛"感，反倒带着几分淡然。想来是在这十几年的时间里，她早就做好了丈夫已经去世的心理准备。

这是一套两室一厅的房子，装修很简单，除了必要的家具以外没有太多装饰品。客厅不大，摆了一张沙发、一个餐桌和电视柜，就已经塞得满满当当了。

李婉请两个人坐在沙发上。客厅里的电视开着，正在播一个家庭剧，李婉将声音调小了一点，有些不知所措地说："二位先坐一下，我去给你们倒杯水。"说完就马上钻进了厨房。

周宇环视屋内，发现天花板上有些裂痕，墙壁角落还有些霉点，除此之外几乎一尘不染。看得出来房子的主人平时都在用心维持房间的整洁，但也奈何不了自然老化。房间里有一种上了年纪的人独居时会散发出的独特气息，这让整个房间显得死气沉沉。

如果家里有个年轻人就不会是这种感觉了，周宇暗自这么想。

李婉端着两个茶杯回来了，方纹赶忙热情地接过来，见状李婉笑了，道："谢谢了，你看起来和我女儿差不多大呢。"

周宇马上接过话头，问道："您女儿不在家吗？"

他留意到餐桌边只有一把椅子，如果李婉的女儿也住在这里的话，日常应该摆放两把椅子才对。

"哦，她自己在外面租房子住。她中学和大学都是住校，可能习惯了吧，毕业以后就直接在外面租房子住了。"李婉神情淡然，边说边从餐桌边拉过椅子坐下，那口气像在说一件与自己无关的事一般。

"原来如此……"周宇坐直身子，以公事公办的口气说道，"现在的情况是这样，因为发现了宋远成的遗体，我们警方决定对他当年的失踪案重新进行调查。所以想找您了解一下当时的情况。"

李婉歪了歪头，用手理了一下耳朵后面的头发，似乎是在回忆。

"那件事过去很久了，具体的细节我也记不太清了……"

"没关系，您就先说您记得的。"周宇探出身子，方纹早已拿出了笔记本，一脸认真地看着李婉。

李婉沉思了一会儿，脸上还是淡然的表情，接着缓缓开口。

"我记得……那天是周一，对，周一。我女儿周一到周五都住学校，那天她也不在家。老宋的煎饼摊摆在学校旁边，一般只做早上到下午的生意，学生放学之后他就收摊了。当天早晨他跟平时一样出去支摊，我也去上班了……哦，当时我在一个亲戚介绍的人那里做工。下午六点多我回到家，看到煎饼摊已经收回来了，但他人不在，我以为他去朋友家喝酒看球了，也没太在意。结果到了第二天他还没回来，我就给那个朋友打了个电话，对方说老宋根本没去过他家……我就去派出所报了案。"

"宋远成那天跟你说过什么特别的事吗？"

李婉摇了摇头。"没……我记得他没说过什么特别的。我记得我还去学校门口其他摆摊的那里问了，都说他当天很正常，和平时差不多时间收的摊子。也没发生什么特别的事。他还和一个摆摊的人说周末准备带孩子去游乐园玩。"

"你们当时确实有这个安排吗？"

"嗯。"李婉点了点头，"本来约好了那个周末去的。"

周宇看了看方纹，方纹正认认真真地把这一条记在本子上。

"那你当天晚上一直在家吗？"

"在家啊。当天晚上我还往女儿的宿舍打了个电话，她周日走的时候保温杯忘带了，我跟她说了一下，还问她要不要给她送过去。"

周宇点了点头，又问："他失踪前，有没有什么不太对劲的地方？"

李婉想了一会儿，说："没有吧，他每天都一样。不过也不一定，你也知道，我们是再婚家庭，半路夫妻，他有些事情也不跟我说。"

李婉说着，像是想起了什么，看了一眼电视的方向。周宇跟着看过去，正在播放的电视剧似乎正进入高潮，几个男男女女哭闹着，不知道在吵些什么。

周宇提前了解过，李婉的第一任丈夫是个酒鬼，一次夜间酒后驾驶闯了红灯，被疾驰而来的卡车撞死了。之后她再婚嫁给宋远成，可不过四年时间，宋远成就失踪了。也许是婚姻的接连失败让她对感情及婚姻都没什么信心，才说出了这番话吧。

"那他有没有跟你说起过他的女儿宋小春？"

李婉马上摇了摇头。

"他不太爱提那件事。只是偶尔说上一两句。"

"那他都是怎么说的？"

"他说……他很后悔，当时没有第一时间报案，而是直接按照绑架犯的要求把赎金送过去了。因为事后报案的时候警察告诉他，如果他在收到勒索信后第一时间报案，这案子很有可能就破了。"

"那他当时为什么没报案呢？"

"小春被绑架之前半年，也发生过一起绑架案，被绑的还是个名人的孩子。当时那孩子的家人报了警，结果孩子没了，而且听说死得很惨。老宋说他当时看了新闻，对那件事印象非常深刻，所以后来小春出事了他才不敢报警。不过这些也都是我听他说的。"

"也就是说，他心里一直为这事自责，对吧？"

"嗯，这件事是他心里的一道坎。他虽然嘴上不常说，但半夜经常偷偷拿出小春的照片或是用过的东西看，一看就是老半天。"

沉重的话题带来了一阵沉默，周宇和方纹互相看了看，两人都有一种深深的无力感。甚至能够仅凭这几句话就想象出当时的场景。

周宇打破了沉默。"你所说的宋远成半夜会看的那些东西，现在还保存着吗？"

李婉点了点头，抬手指了指里面的一间卧室，说："我收起来了，放在我女儿的卧室里。"

"那能拿给我们看看吗？"

李婉看了看周宇，默默起身，周宇和方纹两人也跟了过去。

卧室里摆放了一张单人床，床边有张简易书桌，再加上一个书架、一个衣柜，就没别的了。单人床上铺着碎花床单，款式老旧。书架上没几本书，周宇稍微看了看，发现有好几本侦探小说，再有就是早就过期的流行偶像杂志。

李婉从床下拖出一个像是装糖果用的铁盒,解释道:"这屋子里的东西都是我女儿上初中时买的,搬家时一起带了过来。都是她现在不用的东西了。"

她把铁盒放在书桌上,正准备打开的时候,从客厅里传出手机铃声。

李婉愣了一下,留下一句"你们自己看吧,都在里面了",便走出卧室去接电话了。

方纹看了周宇一眼,从包里拿出纸巾,先把铁盒擦拭了一番。这个铁盒应该是很长时间没人动过了,上面积着厚厚的灰尘。

打开盒子,最上面放着一张黑白照片,照片下有两个婴儿玩具,以及一张纸。

黑白照片上的两人应该就是宋远成和女儿宋小春,像是在照相馆拍的,宋远成抱着婴儿,露出质朴的笑容。相纸背面用钢笔认认真真地写着照片的拍摄时间和地点。

而那张纸应该是宋远成当年收到的勒索信的复印件。

勒索信上只有短短的一行字:

> 周六晚九点把五万元放在西丁路邮局前的长椅下面　不要报警。

笔迹十分普通。看得出来,绑架者没有什么经验,甚至没考虑过掩盖笔迹。既没有选择用另一只手写字,也没有使用其他伪装笔迹的方式。

周宇正拿着这张纸思考,方纹突然抢过去,她皱着眉头,紧紧地盯着。

"怎么了?"

方纹摇了摇头，又把纸递回给周宇。过了一会儿她又瞪大了眼睛，像是发现了什么不得了的事情。

二人回到刑警队已经晚上七点了。周宇从办公桌抽屉里掏出一沓外卖单递给方纹。"你看看想吃哪个，我请客。"

方纹喜滋滋地接过外卖单，但翻了一遍之后露出了难为情的神色。

"要不……算了吧，我不饿。"

"怎么了，都不爱吃？"

相处了一个礼拜，周宇倒是有点明白这女孩的心思了。方纹家庭条件好，估计是不爱吃他们大老爷们儿平时总点的黄焖鸡、麻辣香锅、炸鸡汉堡一类的东西。女孩子嘛，肯定不喜欢太油的。周宇想了想，又从抽屉最底下翻出个菜单来扬了扬。

"那日料吃不？"

方纹马上从电脑屏幕前抬起头，一脸期待地接过了单子。"真的啊？"

"真的，紫菜包饭。"周宇得意扬扬地说。

"这是韩国料理啊！"方纹撇着嘴扔下了菜单，叹口气说道，"行了，你也别为难了，今天你点什么我就吃什么。"

最后周宇点了两份"赛百味"，打发了方纹。虽然他吃不来酸黄瓜的味道，不过好歹能吃饱。他实在是想不通，这个能有黄焖鸡米饭好吃？

吃完了饭，方纹还敲着键盘，周宇让她早点回去，她非不走。

"我家里没人，我爸天天在外面应酬，我妈在国外，回去也是一个人待着。"

她这么说，周宇也不好勉强了，只好随她去。早些时候让她查的资料已经查好了，也不知道她还在那里研究些什么。

"对了，周队，你觉得李婉的话可信吗？"方纹突然问道。

周宇回来之后也一直在梳理思路，他总觉得少了什么。

"我觉得李婉应该和宋远成的失踪没太大关系。宋小春和宋远成的两起失踪案虽然相隔八年，但哪怕不是同一凶手所为，也必然有重大关联。可是李婉是在宋小春失踪几年后才认识宋远成的，所以她的嫌疑不大。"

方纹显得若有所思。

"可我总觉得，李婉的表现有些不太自然……但具体哪里不对，我也说不上来。"

周宇点了点头。

"李婉所说的的确有一些不合理之处。比如，宋远成当晚没回家，她为什么不马上打电话去那个朋友家确认呢？一个有老婆孩子的男人，很难想象会不打招呼就彻夜不归，家里人还毫无反应……我认为她知道更多内情，但她不是直接涉案人。"

"都发现丈夫的尸体了，她还隐瞒些什么啊？"

周宇耸了耸肩。"现在还不好说。也许是出于什么目的。"

"也是，没准她在和宋远成结婚以前就认识宋远成，只不过其他人不知道而已。小说里不都这么写吗？有的人为了报仇，特意精心策划十几年去接近仇人什么的。"

说到这里，方纹有点兴奋了，她正准备继续发表从影视剧和小说里看到的长篇大论，周宇却摆了摆手。

"赶紧打住，你这想象力也太丰富了。"

但不知道为什么，刚才方纹的话拨动了周宇心中的一根弦。

真的有这种可能吗？

宋小春失踪案的真相已难以查证；而宋远成失踪案的当事人就只有李婉。

有没有可能真像方纹想的那样，李婉是出于某种原因刻意接近宋远成，然后又杀死了他？

她这么做的目的是什么呢？

5

宋迎秋租住的单间不足十平米。

是一套两室一厅的房子中的一间，另外两个屋子里分别住着一男一女。

每天她一回来便走进自己的房间，除非要使用厨房和洗手间，其他时间几乎不会出屋。

单间里有一扇朝西的小窗，空间十分狭小，放了一张单人床、一张桌子和一个小小的衣柜，就再也放不下任何东西了。

好在宋迎秋的个人物品不多。她很少买衣服，那个小小的衣柜就足以装下她的四季衣物了。她也很少购置年轻女孩们喜欢的装饰品，只购买生活必需品已经成了她的习惯。

宋迎秋在一家新媒体公司工作，事务繁杂，经常在公司加班。但是最近她都尽量利用午休时间干点活儿，基本下班就走人了。

因为她还有更重要的事情要做。

到家之后她先冲了个澡，然后用毛巾一边擦拭着头发一边坐到书桌前，打开笔记本电脑。

这台电脑还是她大学时用打工赚到的零花钱买的，虽然配置很低，但也够用。

打开浏览器，她在搜索引擎的输入框里输入"7·12 命案"、"南郊垃圾厂 命案"等关键字，然后打开回家路上买的炒饭。

她基本每天都这样解决晚饭。楼下小饭馆做的菜谈不上美味，但价格便宜，也还能入口。她将塑料勺子插进炒饭里搅了两下，另一只手在笔记本电脑的触控板上划动着，不时点击一下感兴趣的内容查看。

"啧。"她的唇舌间发出了轻微的声音。

网上还没有多少报道，多半是因为市政府最近在办什么科技论坛，对媒体进行了某种程度的"安排"吧。

吃完饭，她将桌子收拾了一下，然后站起身，从书桌的架子上抽出了一本大部头的小说。这本书是她大学时买的，一直没看完，不过她现在抽出这本书并不是想继续阅读，而是从中取出了一张折起来的纸。

纸上画着一些圆圈和线条。她拿起笔，在上面又画了几笔，之后心满意足地将纸放了回去。

目前的一切都在按照她的计划发展。在这个小小的房间里，宋迎秋甚至产生了一种错觉，她觉得自己仿佛是一出大戏的导演，演员已经就位，现在她只要坐在帷幕后面，静静地观赏这部大戏如她预想的那般按部就班地演出就好。

纸上的每一个圈都代表戏中的一个角色，每一条线都代表戏中的一条线索。每完成一场戏，她就会将对应的圆圈涂实。当然，纸上没有标注文字，剧本仅仅存在于她的大脑之中。

下午母亲打来电话，告诉她有警察去家里打听宋远成失踪案的事情。她在电话里装出稍微有些惊讶的样子，但其实她早已经料到警察会去家里询问了，这也是大戏里重要的一幕。

说起来，自己是什么时候开始对母亲产生怀疑的呢？

一开始她只是感觉母亲提起父亲失踪这件事时神情有些不自然。后来仔细思考了一番，就越想越觉得可疑，而且所有疑点都多多少少和母亲有关。

对了，这里的"父亲"，指的并不是那个赋予她生命的男人。尽管血缘关系确实存在，这是她不得不承认的事实，但她却绝对不会管那个男人叫父亲。她一直觉得社会上约定俗成的准则有些好笑，不需要负任何责任，只要保证孩子还活着，某些人就可以获得"父亲"、"母亲"这样的身份。她无法理解，为什么这个世界上会有这种怪事？

更加奇怪的是，人们似乎从来没考虑过那些被随便生下来的孩子的感想，总是一味地鼓吹生育的好处，仿佛不管多么差劲的人，一旦结婚、生下了孩子，便会自动变成勤劳善良、知道如何教育孩子的"优秀父母"。

不过，不得不承认，血缘与基因的传续是确实存在的。证据就是，她越发觉得自己冷血、偏执的性格，其实颇有些像那个混账生父。

那么，母亲呢？

她对母亲的情绪要更加复杂一些，既不是纯粹的爱，也不是纯粹的厌恶。

她总觉得母亲在提到宋远成失踪的事情时似乎在刻意隐瞒着什么，而这种互相之间的隐瞒与猜疑，让她和母亲的关系产生了裂痕。

她不知道该如何形容那种感觉。

宋迎秋和母亲的关系一直很"微妙"。生父是做材料生意的，自己出生后，生意一落千丈，因此生父一直说她是"扫把星"。在她幼时的记忆中，那个男人从未像其他小孩的父亲一般带她出去玩，或是给她买玩具、零食，大部分时间他就是躲在房间里喝酒，要么就是对着她和母亲骂骂咧咧。

母亲呢？母亲永远唯唯诺诺地跟在生父后面，有时她甚至怀疑母亲是会隐形的。

她还记得那件事。

卖掉房子还债之后，他们一家搬到了一个大杂院里，要去外面的小路尽头上公共厕所，洗澡则要去更远的公共浴室。

每个月母亲只带她去一次公共浴室洗澡。头发油得厉害时，她就偷偷在家烧一壶热水，拿到院子里兑点自来水洗头。结果有一次，她正准备洗头时，被提前回家的生父看到了。

"你就是这么浪费热水的？"

生父一把打翻热水壶，滚烫的水泼到了她的腿上，一阵剧痛。

生父趁机又摔打着其他东西，像发了疯一般。她想向母亲求助，却发现母亲站在角落，低着头，像是连看都不敢看这边一眼。

生父闹了一通，累了，回屋里去了。母亲这才走过来，默默地收拾被打翻的东西，然后用拖把拖着地面。她就站在原地，母亲却一句话都没说，甚至都没有抬头看她一眼，就仿佛她不存在一般。

她张了张嘴，如果母亲也指责她，她或许会觉得好受一点。可母亲就像手中破烂的抹布，似乎再怎么摔打，她也不会有反应了。

那个倒霉的生父酒后驾车被撞死了，之后母亲和宋远成结了婚，婚后有一段时间母亲似乎变了。宋迎秋曾经恍惚地想，过去那十几年的人生是不是只是一个荒唐的噩梦，现在这种普通却温暖的生活才是现实。

可好景不长，宋远成失踪后，母亲又变回原样。母亲不敢看她，跟她说话时也会别开视线，刻意去看其他地方。

不过这也并不重要，母亲不过是这出戏里最无足轻重的演员，无论她如何表现，都无关紧要。

正想到这里时，她的手机震动了一下。宋迎秋打开微信，是她已经屏蔽了的小学同学微信群里有一条提示全体成员的群公告。

内容是：为庆祝建校三十周年，邀请所有同学们回校参加校庆。同学们正热火朝天地讨论着，要如何安排当天的活动啦，要去哪里聚餐啦，要邀请哪位老师啦，聊天纪录刷得飞快。

宋迎秋点开群设置，只是大概扫了一眼其中的内容，便马上关上了。

突然，手机在她手里又震动了一下，是班长给她发了一条消息。

"看到群里的通知了吗，你能来吧？"

"我那几天可能不在东阳。公司出差，抱歉。"

宋迎秋面无表情地回复了班长的消息。事实上，她近期并没有离开东阳市的打算，只是随便找个借口拒绝参加同学聚会而已。

她怎么也想不明白，为什么他们还会邀请自己参加同学聚会呢？

该不会觉得过去十几年了，自己就会忘记他们那时的所作所为吧？怎么还能装作没事人一样来跟自己说话呢？

还是说，他们都已经不记得"那些事"了？

对于加害者而言，那些可能是鸡毛蒜皮的小事。但对于受害者来说，那些所谓的"小事"，都是心底角落永远挥不去的阴影。

上小学时，宋迎秋被班上的同学孤立了。不过也只能算是有意识地"孤立"，并没有上升到实质性的欺凌，但也正因为此，在他人看来，她似乎不应该去计较这么多年前的"小事"。

当时同学的"孤立行为"甚至没有具体的理由和起因，也许是因为她平时不爱说话？也许是因为她的校服和头发总是脏兮兮的？总之，某一天，两个男生突然对她搞了一个莫名其妙的恶作剧，之后就有越来越多的男生没来由地用恶作剧取笑她，接着女生也加入了进来，最后全班人都不和她说话了，走路时都刻意躲着她，就好像她身上带着传染病一样。在短短的半个月内，她就突然被"孤立"了。

同学们并没有像校园霸凌题材的电影里演的那样，在她的桌子上写字，或者将她堵在洗手间打她。他们在用一种更加阴沉的方式进行孤立。比如传卷子和作业时故意做出夸张的动作，像是拎着脏东西一样把她的作业和卷子甩过去。又比如故意把一些没人承认的坏事推到她的头上，因为大家都知道没人会帮她说话。

她还记得有一次，班长收作业时不小心将她的作业本弄丢了，却坚持和老师说是她没交作业。虽然她拼命解释，但老师最终也不肯相信是班长弄丢了她的作业本。

"班长怎么可能撒谎呢？"

"没带作业就承认呗，居然还推给别人。班长人多好啊。"

"家长怎么教育的，冤枉别人，难怪没人喜欢。"

班上同学七嘴八舌议论的场景在她回复班长的微信时还能鲜活地重现，每一句话都无比清晰地回荡在耳边。可如果现在再回过头来提起这些事，恐怕所有人都会笑着说："都这么多年了，你怎么还记在心里啊？"他们也会像现在的班长这样，全然忘了当年把罪过推到她身上的行为，像个没事人一般叫她去参加同学会。

那时她也向母亲求助过。可母亲还没听完，便歪着头生硬地转换了话题,她试了几次都是同样的结果。当时她还不太理解母亲为什么不帮她,长大一些后她才明白,就和洗头发那次一样,母亲无法处理这个问题,于是选择了逃避。

当问题不存在,也许问题就真的不存在了吧。

从那以后,她就再也不和母亲说自己的事了,反正母亲也只会逃避,说出来又有什么意义呢?自己只需继续扮演一个听话的女儿就好了。

母亲一定不敢相信,这个温和顺从的女儿,竟然会杀人吧。

宋迎秋闭上眼睛,浅浅地笑了出来。如果母亲知道了她所做的事,会露出怎样的表情呢?

这时,墙壁那边传来一阵低沉的呻吟声,接着是轻微的撞击墙壁的声音。

又开始了……烦死了。

宋迎秋不快地皱起眉头,戴上了耳机。

6

东阳市的南区,是东阳市最老的城区。过去本地居民大都住在这里,随着市政府规划出来的东区商业中心逐步开发,越来越多的年轻人选择在东边买房或者租房,南边便越来越冷清。大白天的,马路上也难得见到年轻人的身影,推车卖菜的小摊倒是还持续着。

南区的某个居民区旁边有一个小公园,公园里有个工人文化活动中心,这显然也是旧时代的遗留物。附近的老年人早就不去文化活动中心休闲了,不过文化中心顶层的小图书室还开着。

李准已经在这里工作了十几年。如今他每天的工作就是打扫打扫卫生,从书架上找一本书,就着浓茶一直看到下班。

图书室里的书算不上多,都已经被借阅了无数次,有的都破破烂烂的了。一走进这间图书室,便能闻到一股旧书特有的酸腐味。

每个月李准也会用不多的经费订几本杂志和新书,偶尔也会有老人来这里看看,所以他都会订一些养生、健康类的书籍和杂志。不过大部分时间,这间图书室里都只有他一个人。

刚来这里的时候,他午睡时经常会做梦。在梦里,他又回到了刚进警队的那段时间,天天跟着队长一起走访。有时候他也会梦到受伤的那次,歹徒用刀子捅了他一下,他看着自己胳膊上的血，发现一点也不疼。医生给他包扎好，冲他笑了笑，说："回去歇半个月就没事啦。"

在活动中心的图书室干了一年多以后，他就渐渐地不做那些梦了。他还在这里认识了也在社区工作的妻子，两人婚后很快生了个儿子。现在的大部分时间，他脑子里装的都是儿子的成绩单和每天晚上要为老婆孩子准备什么饭菜，过去那些事已经渐渐从他的大脑中抹去了。

但是昨天晚上，他又没来由得梦到了过去的案子。

那起案子发生在冬天，李准刚参加工作没多久。现在还能记得宋远成来报案时的样子。

宋远成来时穿着一件棉大衣，脸上的胡子像是好几天没刮过了，他哆哆嗦嗦地说女儿被人绑架了，按绑匪的要求交付了赎金之后，就再也没音讯了。

绑架案发生在几天前。当天下午，宋远成的母亲，也就是宋小春的奶奶，带着只有一岁的宋小春，去附近的公园晒太阳。回来的路上奶奶就顺路带着孩子去市场买菜，菜市场里人很多，她买菜讲价的工夫，一回头孩子就不见了。奶奶在菜市场找了半天也没找到孩子，只得回家。

第二天早上，宋远成在自家门口的报箱里发现了一个信封，打开来里面有一张字条，上面只有一句话，指示他何时将赎金送至某地。除此之外里面还有一小块从宋小春失踪那天穿的衣服上剪下来的布料，以及一小撮婴儿的头发。绑匪要求的赎金是五万元，当时宋远成手里正好有一笔钱，他准备用这笔钱在学校附近盘一个正规店铺做生意的。他没有选择报警，而是将这笔钱取了出来，按照信上的要求送到了指定地点。之后宋远成在家里等了两天，也没收到进一步的联系，这才去报了警。

在宋远成选择自己交付赎金的时候，就已经失去了抓获嫌疑人的最佳时机。

这起绑架案的线索很少，信上的指纹非常混乱，没提取出任何有用的信息。当时警方重点关注宋远成的社会关系，因为从作案手法来看，绑匪对宋远成的家庭情况非常了解。宋远成家庭条件一般，全家都靠他摆摊养活，远不是绑匪会选择的目标。因此，警方一开始就将嫌疑人锁定在了宋远成的熟人之中。

然而，排查了宋远成的社会关系之后，却未能得到任何结果。最终，这起案子就被封存在了几卷档案之中。

李准也没想到，竟然就成了二十多年未破的悬案。

李准把周宇和方纹请到了图书室的"阅览区"。这个区域不大，只有两张桌子，平时极少有人光顾，只有在文化中心玩累了的老人偶尔会过来翻翻最新的养生杂志。

李准先将案情向周宇和方纹做了一番介绍。连他自己都有些意外，时隔这么久，自己竟然还记得那么多细节。

说完之后他问道："这么说，现在可以证明，当年的被绑架女童已经死了，是吗？"

周宇点了点头。"基本可以确定了。"

李准叹了口气。"当时我就隐约觉得那孩子已经不在这世上了。不过后来宋远成还一直在找这孩子……"

"当时有没有发现什么疑点呢？"周宇没有接下老刑警的感慨，而是马上提出了问题。他还没有孩子，倒也不是不能理解这种行为，只是不太有深层的共鸣。这种情绪上的缺失让他有的时候多少显得有些"无情"。

方纹在旁边，拿着笔记本。

李准收回似乎已飘向记忆深处的目光，认真地说道："有好几个疑点。首先，宋远成只是个摆摊的，家里没多少存款，如果绑匪的主要目的在于要钱，为何会盯上他呢？去绑架有钱人家的孩子不是更保险？第二，当时宋远成手里刚好有五万块钱，绑匪索要的赎金也恰好是这个金额，就好像早就知道他有这么多钱似的。第三，宋远成按要求交了赎金，孩子却活不见人死不见尸了。退一万步说，就算绑匪是为了报复才实施绑架的，那不是更应该让宋远成知道孩子死了，他才会更痛苦吗？"

周宇紧皱眉头，问道："赎金的金额确实很可疑，那当时排查宋远成的社会关系后发现了什么可疑人员吗？"

"最后都排除了。宋远成就是个摆煎饼摊的，跟人没仇没怨，来往的亲戚不多，但都处得还行，邻里朋友间也都互相照应，挺和谐的。"

"不是有一封信吗？和他周围人的笔迹比对过吗？"方纹突然插嘴问道。

"比对过，没有字迹吻合的。"李准敲了敲桌子，叹道，"要是宋远成在收到信的时候就报案，这案子可能就破了。关键就是错过了破案的最佳时机。"

的确，根据目前的信息来看，熟人作案的概率很大，如果当初宋远成早一些报警，也许孩子就找到了。那么，是不是也就不会有后续的一连串案子了呢？

正是宋远成当初的一念之差，导致了后续的连锁反应。大概他也曾经在事后无数次地后悔过，如果当初自己没有看过那则名人绑架案撕票的新闻，或者如果自己再坚定一点，是否一切都会不一样呢？

"对了，"李准突然想起来什么一样，抬头看了看二人，"后来宋远成也失踪了是吧？当时负责这事的刑警还找过我，想了解一下这两起案件是否有关联性。"

"那您怎么认为呢？"

"不好说。小孩子有被绑架、被拐卖的可能，宋远成一个中年男人，怎么会平白无故失踪了呢？哦对，有个事情，宋远成摆煎饼摊的时候遇到城管，曾起了点小冲突，把腿给摔骨折了，还做了个小手术。据说他性格比较老实，从来不会跟别人起这种冲突，那天不知道怎么回事，一下子就上了头。可能女儿失踪的事对他打击挺大的，有人怀疑他是脑子出了点问题，自己想不开，离家出走了。"

回到局里之后，周宇和方纹跑了一趟证物科，调取了宋小春和宋远成两起失踪案的物证。有一卷当年的监控录像，记录下了宋远成失踪前最后的影像。

是一个街心公园门口的摄像头拍摄下的画面。不过当时设备条件有限，画面的颗粒感非常严重。

晚上七点四十五分，宋远成穿着一件羽绒外套，戴着顶毛线帽，一瘸一拐地走进了公园。他脸上的表情非常平静，看不出任何异常。然后八点十五分，宋远成从公园里出来了。监控拍到他走出公园，一直走到对面的马路上，再然后就消失在了画面中。

"他的腿，是因为跟城管发生冲突时弄的吧？"方纹看着录像问道。

周宇翻了翻档案，说："对，就在失踪案发生前不久……"

说到这里，周宇突然心里动了一下。他想到了一种可能性，这种可能性或许可以解释宋远成失踪的一部分真相。但是，真的会是那样吗？

还不能确定。不过，就算真是那样，也对目前的调查几乎毫无帮助。

接下来，周宇又拿起了另一份物证，那是宋小春绑架案中的唯一物证——那封被塞进宋远成家门口报箱里的信。这是信的原件。

外面是一个相当普通的黄色信封，二十年前，在任何一家小商店都能买到。信封上面没有写字。

信封里有一块花花绿绿的布料，应该是从孩子的衣服上剪下来的，还有一小撮头发，想来是绑匪用来证明孩子在自己手上的东西。此外，信封里还塞着一张字条，像是从笔记本上撕下的，有些泛黄。上面用黑色的笔简简单单地写着一行字。

周六晚九点把五万元放在西丁路邮局前的长椅下面　不要报警。

之前在李婉家中见过这张字条的复印件，但当时方纹并没有什么特别的感触。此时接触到这份原始证物的时候，她才觉得浑身发冷。

这种直接与犯罪事件相关的证物，似乎本身就带有一股令人胆寒的气息。特别是在她知道这名被绑架的孩子已经死亡的前提下，更是觉得这份证物隐隐散发出某种恐怖的阴气，仿佛一闭上眼睛就能看到一个模糊而可怖的身影，正在实施着犯罪行为……

她摇了摇头，试图将那诡异而可怕的场景从大脑中清除出去。然而，不知道是否因为这种异常的紧张感刺激了她的思绪，某个之前一直忽略了的场景此时在她的脑海中复苏了。

"你怎么了?"周宇看出她有些不对劲,在她眼前挥了挥手。

"我好像想起来……"方纹小声嘀咕着。其实上次在李婉家看到复印件时她就觉得有些不太对劲,但是始终没弄明白到底是哪里让她觉得奇怪。直到刚才那一刻。她看着周宇,认真地说道:"我在哪里见过这个笔迹。"

周宇惊讶地睁大了眼睛。"什么?真的吗?可这封信是二十多年前写的了,那会儿你才多大?"周宇一脸不相信的表情,然而他刚说完,就也发现了不对劲之处。

他低头盯着那张纸上的字,明明之前看到复印件的时候没什么感觉,不知为什么,今天却突然像是产生了某种灵感一样。周宇也觉得对这笔迹眼熟,可是……是在哪里见到的呢?

"我知道了!是这个字!"方纹突然拿过字条,指着最后几个字说道,"这个'下面'的'面'字!你看,这个'面'字,里面应该是两横,但是这个'面'却是三横……我肯定在哪里见过类似的写法……"

周宇仔细一看,还真是,字条上的"面"字的确像是有三横。大概是写的人对这个字的写法有误解吧。

"也就是说,你曾在哪里看到过这个'面'字……"这时,刚才划过脑海的那一点灵感突然与字条上的这个字联系了起来,"啊,是一号死者身上的那份购物清单。"

一号死者身上有一张手写的购物清单,上面有"牛肉面"三个字,其中的那个"面"字似乎也是这么写的。

很快,经过笔迹专家鉴定,证实至今仍未查明身份的一号死者身上的购物清单上的笔迹，与宋远成当年收到的勒索信上的笔迹一致。

不久后，一号死者的身份也查清了。

家住东阳市平安小区的一位市民报警称，一个叫王治国的男子租下了自己的房子，但最近失踪了。警方初步判断，这位房东所说的王治国与死者的特征基本吻合。

王治国，男，在位于东阳市东南边的东安镇经营一家小超市。一个多月前他离开了东安镇，超市门上至今还贴着"有事外出　暂停营业"的纸条。警方调查后发现他乘大巴来到了东阳市，目前尚未查明王治国与宋远成有何联系。

7

秦思明收到了第二份快递。依然是丢在他租住的房子门口。距离他收到上一份快递仅仅过了几天时间。

头一天晚上，秦思明写论文到凌晨三点半。东阳大学的研究生课程并不紧张，平日里文科院系的学生们总是悠闲度日，只有临近期末这段时间，才会临时抱佛脚似的赶工。

以往秦思明都是在截止日期前两天就完成论文了，但最近他的时间都花在调查前几天收到的神秘快递上了。他先是去了一趟东阳市图书馆，按照之前肖磊推理出的年份，检索查阅了一遍本地的报纸。花了整整两天时间，终于找到了那篇报道的原本。

报道刊登在一九九七年的《东阳晚报》上。据此可以确定，这起"女童绑架案"发生于二十三年前。也就是他三岁那年。

不过能调查到的东西也就仅止于此了。

为了保护当事人，新闻中使用了化名，也就是说，难以通过报纸获取到案件相关人员的具体信息。

除了报纸以外，还有可能报道过此案的，也就只有本地的电视台或者广播电台。然而这些资料并不能从图书馆里查到。

查了几天，秦思明才想起期末论文还没完成，再不抓紧时间，恐怕是要麻烦了。

这一天，他起床时已经快到中午了，原本打算洗漱一下出门去楼下买点吃的和咖啡,下午继续写论文,没想到刚一开门,就又发现地上又躺着一个快递袋。

这份快递也和上一份一样,没有快递贴条,也没有寄件人信息。只是袋子上有签字笔写的他的名字。

秦思明拿起快递,马上回到屋里,把门关上,站在门口就拆了起来。此时的他已经全然忘记刚才出门的目的是要买午饭。

撕开快递袋的时候他突然有种异样感,仿佛正被什么人注视着。他也说不上来视线来自哪里,只是觉得自己正被什么人盯着。

他租的这套房子的客厅里有一扇落地窗,窗户正对着一条小马路,马路对面是另一个小区的楼。秦思明住在六层,如果真有人从外面监视的话,唯一的可能性就是从对面的楼上了吧?

秦思明打开窗户,眯起眼睛仔细地观察着。不过对面的小区和他所住的这栋楼离得并不近,以这个距离,用肉眼观察实在是什么都看不见。

秦思明将窗户关好,想了想,又把窗帘拉了起来。

如果真的有人在跟踪自己……那么,这两份快递会放在门口也就说得通了。这几天他认真思考过到底还有谁知道自己在这里租住,没什么收获。但如果有人一直在跟踪,想要知道他住在哪里就很简单了。

然而,这又产生了另一个问题。

为什么要来跟踪我呢?

秦思明的心情有些复杂。他知道自己家里有些资产,母亲是一家创业公司的副总,还投资了一些股票和地产。当然,和市里那些有名气的商人比起来,这些都算不上什么,不过他的家境确实要比普通家庭富裕不少。

也正因为此，上中学时母亲便对他进行了不少这方面的教育，让他尽量避免一些"露富"行为。当然，他从来没有张扬过自己的家境，只是也没有刻意掩饰过，如果是平日里接触比较多的人，应该还是能从日常生活中看出一些端倪。

但总觉得被跟踪的原因没这么简单。

秦思明定了定神，坐到沙发上，打开了快递。

这次是一只小小的U盘。现在网络传输技术高速发展，U盘这种东西已经很少见了。好在只是U盘，如果是一张光盘，恐怕一时半会儿都找不到东西播放。

秦思明打开电脑，插上U盘，很快便弹出窗口。里面有一个视频文件。

文件名为"001.MP4"。

视频全长不足一分钟，似乎是用手机拍的。镜头很晃，光线有些暗。

画面中似乎是一个空荡荡的房间，可以看出已许久无人居住。房间里摆放着几样简单的家具，不，与其说是家具，倒更像是从垃圾堆里翻出来的垃圾。一张破破烂烂的桌子，一把弯了脚的椅子，还有一张铁架床，床上只有一块脏乎乎的木板。

尽管镜头摇晃得厉害，秦思明还是能看出这似乎不是楼房里的一间，而是简陋的平房，因为可以透过窗户隐约看到外面的景色。同时，斑驳的墙壁和光溜溜的灰色水泥地，让人产生一种并不属于这个时代的感觉。

这样的空镜头持续了一阵子，最后，镜头扫过了什么东西，这段视频就结束了。

……这是什么？

秦思明无法理解。乍看之下，这段视频中不包含任何实质性的信息。他再次打开视频，尝试着调大音量，想看看背景音中有没有线索。之后又尝试着调高亮度，看看是否还有自己没注意到的细节。

可看了几遍之后，依旧没发现有用的信息。

他再次拿起快递袋，惊讶地发现里面还有一张照片。

是一张对他而言有些陌生的黑白照。

秦思明从来没在现实生活中见过黑白照。他在网上看到有人晒过这种黑白老照片，但却是第一次将实物拿在手里。

照片上是一个年轻女人抱着一个婴儿。而这个女人，是他非常熟悉的人。

是他的母亲。尽管这是母亲年轻时的照片，但也能从眉眼及神态中一眼看出就是她，这也要感谢母亲的日常保养了。

问题是，母亲抱着的婴儿……是谁？

是自己吗？秦思明有些犹豫。

秦思明的第一张照片，是小学入学时学校统一拍摄的集体照。他曾就此问过母亲，为什么没有自己小时候的照片，母亲解释说那时工作繁忙，很少陪他，也没带他去影楼拍过照片。如果这张照片里的婴儿就是自己，那就与母亲的说法矛盾了……

如果这个照片上的婴儿不是自己呢？

如此一来，母亲抱着的婴儿又是谁呢？

这一次他和肖磊约在一家密室逃脱体验馆里见面。

收到快递后，秦思明还试图把疑问放一边，继续查资料写论文，但根本静不下心来。他感觉大脑里仿佛被人注射了一剂兴奋剂，无论如何都冷静不下来。

这种情况下,他觉得必须找个人倾诉,于是约了肖磊见面。原本他还想把肖磊约到楼下的咖啡厅,但考虑到自己可能正被人跟踪,再去家附近的公众场所有些不安全,倒不如找一个相对隐秘的地方。

　　想了半天,他想到了密室逃脱馆。这家密室只有恐怖主题,在老板的推荐下,两人进了一个叫《冥婚》的主题密室。

　　一进门便正对着一张阴森森的婚床,墙上挂着一堆红灯笼,耳边传来阴风阵阵的音效。

　　"老板,我们胆子比较小,能不能把音效关了。"肖磊拿着对讲机向老板提议。对讲机那边没人回话,不过几秒钟后,恐怖的音效消失了。

　　秦思明看了一眼拉着帘子的婚床,直觉告诉他里面肯定有很吓人的东西。好在地上不知道为什么铺着两块垫子,他便拉着肖磊直接坐在垫子上,把今天收到的快递,以及可能被人跟踪的事情说了一遍。

　　期间肖磊似乎有一些疑问,却没有打断秦思明,而是静静地等着秦思明说完。

　　秦思明的大脑还处于极度兴奋的状态,想起哪部分就说哪部分,说得有点乱。最后都说完了,他才看了看肖磊,问:"你能听懂我什么意思吗?"

　　肖磊点了点头。

　　"我看你确实得注意注意人身安全了。"

　　"……你也这么觉得?"

　　"嗯,依我看,这不仅仅只是简单的跟踪,恐怕还有更大的阴谋。如果对方只是想知道你住在哪里,那么他已经知道了,无需再继续监视你。但如果你的直觉是对的,对方在对面的居民楼里长期盯着你,那就代表对方在谋划一个更加可怕的计划。"

"可是,为什么呢?"秦思明挠了挠头。过去生活中若遇到难题,总是母亲出面为他解决,他极少自己解决问题,因此,他现在感觉有些"没底"。

"监视"、"跟踪",他以为这种事只会出现在电影里。他真的想不出来为什么会有人要跟踪监视他。

"我怀疑,对方是想根据你的作息和行动来实施某种计划……"肖磊似乎是下意识地压低了声音说道。

"什么计划?"秦思明凑近了问。

肖磊歪着头想了想,说:"听起来可能会有点扯,会不会是你,或者你的家人,在无意之中得罪了什么人,对方正计划打击报复呢?比如说,故意伤害……或者绑架?"

听到"绑架"两个字时,秦思明突然觉得心里一紧。他想起第一份快递里那篇关于"女童绑架案"的新闻。

而且肖磊提出了家人得罪了人的可能,据他所知,母亲所经营的公司,业务的确触及一些灰色地带,他也隐约听说过一些投资项目时常出现投资款项未能收回的情况。这样看来,会不会是母亲得罪了什么人呢……

"算了,现在想也没用。对了,你说的那个视频能给我看看吗?"说着肖磊在他面前晃了晃手。

秦思明这才缓过神来。他掏出手机,来这里之前他已经把视频拷贝到了手机上,并用手机将那张黑白照片拍了下来,这样更方便给肖磊看。

他也曾想过是不是把肖磊喊到家里比较方便,但最终还是母亲从小对他的"谨慎教育"又起了作用。他考虑到和肖磊算不上知根知底,又怕这件事调查到最后会牵扯出事端,就还是约在了外面见面。

　　肖磊拿着手机反复看了几遍，正抬起头准备说些什么时，一阵吱啦吱啦的电流声响了起来，两个人吓了一跳。接着，对讲机里传出老板不耐烦的声音。"您好，时间已经过了快一半了，你们还在第一个房间，这个主题一共有五个房间，实在解不出来谜题，我给你们点提示吧。"

　　两个人尴尬地对视了一眼，连忙说道："不用不用，我们想自己思考，到时间了我们可以再续。"

　　"哎别啊，你们这不是浪费时间嘛，第一道题很简单的，线索就在婚床上……"

　　秦思明没等老板说完，就把对讲机的频道调了。

　　"怎么样，看出什么门道了吗？"

　　肖磊把手机还给秦思明，若有所思地说道："我第一个想到的是这个视频的拍摄目的是什么。为什么一段房间内的空镜头值得单独放进 U 盘交给你呢？我想到了几种可能性。"

　　"什么可能性？"

　　"第一，地点。比如说这个地方和你有特殊的关系，对方希望引起你的注意，让你去调查这个地方。又或者你曾经到过那里，对方试图用这个视频来提示你什么。第二，物品。也许视频拍摄到的物品中藏着什么秘密，对方认为你能看出其中的含义，也就是说，在其他人的眼中这段视频毫无意义，但你能辨别出某些物品是特殊的……"

　　秦思明摇了摇头，这两种可能性他也想过，为此他还用各种电脑软件对影像做了处理，试图找到线索，但都一无所获。

　　"还有最后一种可能性……也许这段视频中的内容对你来说并没有特殊意义，但是拍摄这个视频的行为是有意义的……这么说好像很难懂,我举个例子,或许对方是想用某些故弄玄虚的行为来引发你的紧张情绪。结合最近你还被人跟踪、监视,好像也不是没有可能。"

秦思明感觉有一股寒气从脚底直升到大脑,全身都僵硬了起来。自己到底做了什么,会引发他人如此之深的恶意呢?

肖磊的说明还在继续。

"还有那张黑白照片,包括上次收到的报纸复印件,我感觉这些东西都有一个共同特点。"

"共同特点?"

"用通俗一点的话来说就是'故弄玄虚'。如果对方真的有什么了不得的惊天秘密要告诉你,为什么不明明白白地直接说清楚,而是故意选择这种方式,迂回地暗示呢……这是目前为止我最无法理解的事。"

肖磊边说边用手轻轻摆弄地上的一样解谜小道具。那是个看上去古香古色的卷轴,但上面挂着一只密码锁,整体很不搭调。

"故弄玄虚对对方有什么好处?我也有可能把这些东西当成恶作剧不加理会吧?"

肖磊低着头思索,手里还拨弄着那个密码锁。一时间,这小小的密室里只能听到密码锁转动的声音。

"我有一个猜测。"

"什么?"

"我们先假设对方并不是在故弄玄虚,而是有目的的有意为之,那么,对方的意图是什么?"

"你的意思是……"

"先从最极端的角度考虑。假如有这样一个秘密,如果直接告诉你,你一定不会相信。但使用某种方式引导你自己去发现,也许会更容易让你相信。"

"秘密……能有什么事啊？目前为止我收到的绑架新闻的剪报、U盘里的视频，还有那些照片，相互之间都没有什么联系，我完全看不出来对方要向我传达什么。"

原本低着头摆弄道具的肖磊听到这里突然像是想到了什么一般抬起头，说道："你刚才说什么？"

"我刚才说，我完全看不出来对方要向我传达什么……"

"不对，再前面一句。"肖磊死死地盯着秦思明，秦思明的胆子并不小，但这间恐怖密室里的气氛做得太足，再被肖磊这么一瞪，秦思明也觉得紧张了起来。

"再前面一句吗？我说什么来着……哦对了，我说的是，我收到的绑架新闻的剪报、U盘里的视频，还有那些照片，相互之间都没有联系……"

"就是这个！联系……对，是联系！咱们之前都只是把这些东西当成单独的信息来思考，却没有想过它们之间的联系。"

"可是它们之间有什么联系啊？"

"女童绑架案、照片上的婴儿、照片上的坟头，还有视频里的空屋……"肖磊沉吟着。

秦思明突然产生了一种预感，让他莫名不安。不知为什么，他就是感觉这件事正向着他最不喜欢的方向发展。

"思明，你刚才提到过，你母亲曾对你说没给你拍过小时候的照片，可是这张黑白照片里，分明是她抱着一个婴儿……如果这孩子是你，她为什么要撒谎呢？"

"也有可能母亲她没有撒谎……"秦思明喃喃自语，他心里正在形成自己的一套想法。在他的印象中，母亲对他很好，甚至照顾得过于周到了。但他也知道，母亲心中有一道防护网，围着连他都不能触碰的区域。那是与母亲的"过去"有关的故事,他懂事之后母亲便有意识地回避相关话题。他知道,母亲一定有什么事瞒着他。

然而肖磊并没有注意到他的心思,而是自顾自地继续说了下去。

"在九十年代,拍照也并不是什么难事。你母亲明明抱着小婴儿拍过照片,却为什么对你说没给你拍过小时候的照片呢?我认为有两种可能。第一种,她给你拍过照片,但是出于某种原因,她并不想让你知道。为什么呢?也许是因为照片上显露出了某些她不想让你知道的信息……不过暂时从这张照片上还看不出什么线索。"

秦思明点了点头,的确是这样。

"再来看第二种可能性。如果你的母亲没有撒谎,那么,这张照片上的人就不是你。但与此同时又带来了另一个问题,那就是——她可以和别的孩子拍合影,却为什么不给你拍照片呢?"

"这个……她之前说是工作太忙了,没时间带我出去。"

"这个理由倒也说得通,但如果我们大胆一点来想,有没有这样一种可能……她并不是'不想拍',而是'不能拍'。"

"为什么会不能拍呢?"

"很简单,那就是出于某种原因,你小的时候,她并不在你身边。"

8

宋迎秋的朋友不多。她是东阳本地人,尽管中学时代也曾有过关系不错的同学,但从学校毕业后就不太联络了。现在她唯一可以称之为"朋友"的,就是公司里和她同期入职的同事,因为年龄相仿,外加午休时经常一起吃饭。

今天她也约了这位同事,中午去市中心的商业街一起吃饭。

换好衣服,正准备出门,一阵令人不快的声音又传入了她的耳中。

那像是衣服与墙壁摩擦发出的声音,夹杂着似乎有些痛苦的喘息,让她觉得极度不适。她不快地走到隔壁房间门口,正抬起手准备敲门,恰好另一位女室友从房间探出头来,像是也准备出门的样子。

"怎么了?"对方一脸疑惑。

"啊……没事。"宋迎秋摇了摇头,把手收了回来。

"那边是不是有新人搬来了,我记得之前的那个人搬走了?"女室友指了指中间的单间。

"嗯,应该是吧。"

"我总觉得有奇怪的声音,你听到过吗?好奇怪啊。而且……"室友四下张望了一番,凑过来,压低声音说,"我从来没见过里面的人出来上厕所。"

"呃……"宋迎秋的脸色有些尴尬,"可能是自由职业者吧,白天都在睡觉,半夜才出来活动。"说完她指了指房门,转身留下一句"我先出门了",摆脱了这段对话。

这个小区距离地铁站步行要二十分钟,对于上班族来说并不算方便,但是仍然聚集了大量的年轻租户,无非是因为这里的房租比起地铁附近的小区要便宜不少。

上地铁后她找了个座位坐下,这里虽然距离市区颇远,但好在是地铁的终点站,空座管够。

坐下之后便是近一个小时的地铁路程,宋迎秋轻轻合上眼睛,又在心中盘算起了自己的那份计划。

说起来,现在进行到哪一步了呢?

警方应该差不多要发现那封勒索信是出自王治国的手笔了吧。想到这里,她不禁微微笑了起来。

考虑到王治国不是本地人,而且是一个人居住,她还真的有点害怕警方迟迟发现不了他的身份。因此,她特意装成租房的人,给那位房东打了个电话,问她房子现在能不能出租。这样一来,房东肯定会去找王治国确认是否续租的。

到目前为止,这起案件在媒体上还没有引起什么动静。要想掌握最新进展,倒是有点困难了。

不过没关系,她相信警方应该很快就会找到自己,到时候自然能够想办法得到点信息。

时间不宜拖得太久,她也考虑到了万一警方迟迟没能发现王治国与宋家两起失踪案的关联该怎么办。

必须要给警方一些足够明显的提示。

因此,她特意保存了一张王治国手写的购物清单,那是她在王治国的出租屋里找到的,她将这张纸条塞到了尸体的口袋里。

如果警方还没发现，那就等他们来询问的时候再给出一个明显的提示好了。

不过，那么明晃晃的证据就摆在眼前，警方应该不会笨到这种程度吧？

也不一定。宋家过去的两起失踪案，对警方来说是很难破获的案件吗？

至少在她看来不算难。她甚至想过，如果母亲当时认真地去警察局闹一闹，也许警察就会更认真地对待了。然而，父亲刚失踪的那段时间里，母亲就像是在害怕什么一样。她劝过母亲好几次，让她去找报社，找电视台，但母亲却始终回避。

这时地铁广播传来了到站的提示。她赶紧睁开眼睛。

距离和朋友约定的时间还有一点富余，宋迎秋决定先在附近的商场逛一会儿。她走进离地铁站比较近的一家高端商城，选择这里的原因很简单，因为这里人比较少。

宋迎秋很少买衣服，她的衣柜里，每个季节就只有几套固定搭配。

她并非不喜欢"打扮"，而是本能中有一种"不该这么做"的意识。小时候，生父和母亲都没怎么给她买过新衣服，从记事起她就要么穿着学校统一发的校服，要么穿着母亲的远房亲戚送的旧衣服。

她还记得小学的时候，有一次学校组织合唱比赛，班主任要求所有人都穿白衬衫，没有白衬衫的同学就交三十元，由老师统一购买。这个要求不算苛刻，可她却犯了难。她没有白衬衫，也没钱。

回家之后她试着跟母亲商量，母亲马上露出了为难的神色。

"我手里没钱啊，要不然你问同学借一件？"

怎么办呢……她一直等到晚上，喝得烂醉的生父回了家，可鼓了一晚上勇气，最后还是没敢开口。

最后，她在衣柜里找到了一件母亲的白色针织衫。

甚至很难称得上是白色，已经旧得变成了米黄色。但当时她幼稚地认为，灯光一照也许就跟白色差不多吧。如果自己站在后排或者角落里，老师或许就不会注意到了。

第二天，她怀着不安的心情挨到下午。老师说要去操场集合，她就使劲儿低着头，混在人群中，希望老师不要注意到她。

然而很快老师就发现了她。

"不是说了要穿白衬衫吗？！"

全班几十名学生，全都穿着干净整洁的白衬衫，有的女生还别上了漂亮的胸针，只有她，穿着大一号的米黄色针织衫。

被老师从人群里揪出来的那一刻，她低着头，死死地盯着操场的地面。

"我忘了。"不知道为什么，她下意识地找了个极其好笑的借口，因为比起说自己忘了，说出真相会让她更加难堪。

"这也能忘？！现在离比赛还有半个小时，你家离得不远吧，跑回去换了。"

年轻的班主任不耐烦地说。可是等了一会儿看她不动，又改了口。

"你家里是不是有人？打个电话，让家长送过来。"

她感觉自己快要窒息了，一边努力地控制情绪，不让已经盈满眼眶的眼泪流下来，一边努力地在大脑里盘算着还能用什么借口搪塞过去。

班主任看她依旧没反应，便把她拉到了一边。

"算了，你出来吧，找个地方待着，有人问起来就说你生病了吧。"

不知道为什么,她居然松了一口气。她默默地从队列中走出来,站在操场的角落。看着每个班级轮流表演,她甚至没有悲伤难过的感觉,只是觉得这一切都与自己无关。她站在远处,无聊地盯着天上不断变幻形状的云朵,还有偶尔飞过天空的鸟儿。

合唱比赛他们班获得了第一名,老师把照片冲洗出来放大,挂在了教室后面。照片里当然没有她。

后来再回忆起那天的事,她无论如何都想不起来那天自己班级唱的是什么歌了。

手机震动,是同事发来微信说已经到约好的餐厅里了。

宋迎秋赶忙走出商场,赶赴约定见面的平价菜馆。

今天她之所以约这位同事出来,是因为上周有一天午休的时候,对方提起最近去帮家里长辈看了墓地。那位长辈长年卧病家中,就想趁着意识还清醒的时候把后事安排妥当。

宋迎秋想让宋远成入土为安。于是约这位朋友出来,问问对方的经验。

等她到了餐厅,朋友已经坐在座位上看菜单了。

"你想吃什么?"

"随便,你看着点吧。"宋迎秋从小就不敢挑剔。

"那就双人套餐吧。"同事放下菜单,叫来服务员点了菜。

这位同事和宋迎秋同龄,看起来却要年轻一些。今天还特意化了妆,显然是精心打扮过了。

"我说,你怎么周末出门也穿得这么死气沉沉的?"同事眯眼打趣道。

宋迎秋笑了笑，说："我又不是出来见男朋友，无所谓。"

对方往前凑了凑，认真地说："打扮和男朋友又没什么关系啊，打扮是为了让自己心情好。"

"如果……我不打扮心情就很好呢？"

宋迎秋没有说谎，她最近心情一直不错。

同事摇了摇头，像是放弃了这个话题，转身从皮包里掏出了一沓宣传单。"东阳市有点规模的陵园我都跑过了，我觉得管理还算正规的就这几家，交通也比较方便。近就不用想了，不过公共交通都能到。有些荒郊野岭的，我劝你就不要浪费时间去看了。"

宋迎秋接过宣传单，一边看着一边感叹道："还好你有经验，不然我还得自己去看一遍……"

"现在想买块墓地还真不便宜，我们家那些亲戚，为了买什么价位的、买在哪里，还差点打起来呢。"

同事抱怨了起来，说自己家里的亲戚太多，为了老人的后事都差点儿闹到派出所了。

"是嘛……我们家就我和我妈，我们俩决定了就行。"宋迎秋漫不经心地回应着，心想只要自己拿定主意，母亲也不会反对吧。

"也是……不过我真是搞不懂，为了一个死人，花这么多钱有什么意义呢？人都死了，有个地方供后人纪念不就行了，咱们接受的可都是唯物主义教育啊。"

宋迎秋抬头看了看同事，理性上来说，同事说得对，但她又觉得哪里不太对。

"不管是死人还是活人，都是家人嘛。这种事，不都是给活人买个心理安慰。"最终，她敷衍地说了这么一句。

同事又摇了摇头,似乎并不认同她的话。

"你可别怪我说话直,假如说,你的孩子和父母同时生病了,但钱只够救一个人,你选择救谁?"

宋迎秋愣了一下。"这……不好说,我又没孩子。"

"没错,你没孩子,所以你不知道怎么选。如果是有孩子的人,大概率都会选择救孩子吧。"

"为什么?"宋迎秋疑惑了,父母和孩子都是家人,是同等的,为什么对方能如此斩钉截铁地作出选择呢?

"因为孩子是未来,是希望,父母呢,他们已经上岁数了,往后身体只会越来越差,你无法从他们身上获取从孩子那里能得到的快乐。新闻里也经常能看到父母不惜一切代价去救孩子,却很少看到这样对待父母的。"

是吗?宋迎秋有些犹豫了,她暗自回想自己身边发生的事以及看过的社会新闻,似乎确实如同事所说。

"为孩子做的一切都是有意义的,因为孩子长大后会回报你。但为父母做的一切,只不过是图一个心理安慰。更别说已经过世的人了,我们所做的一切都没有任何意义吧——"

同事的长篇大论被服务员打断了,两人的注意力转到了美食上,没再就这个话题讨论下去了。

宋迎秋有些被对方说服了,她想到自己正在计划的一切,都是与之相悖的。

为了已经不存在于这个世界上的人而牺牲自己已经拥有的一切,真的值得吗?

明明从一开始就做好了放弃一切的准备,此时她却有些犹豫了。

不,或许是因为害怕,才会犹豫不决。

9

失踪于二十三年前的宋小春和失踪于十五年前的宋远成这对父女，与来自东安镇的超市小老板王治国，也就是最先被发现的一号死者，终于产生了关联。

经鉴定，当年宋远成收到的勒索信上的笔迹与王治国的笔迹相吻合。

王治国在距离东阳市市区两小时车程的东安镇经营一家小超市，事发一个月前，他买了一张大巴车票，从东安镇来到东阳市，之后通过网络租了一个单间。报警的正是这位房东，一个四十多岁、烫着一头卷发的本地女人，一看到警察她就呼天抢地地叫了起来。

"哎哟警察同志，我这房子里不会死了人吧？"

周宇带队前来调查，他没多说什么，示意房东赶紧开门。

房间不到四十平米，标准的九十年代装修风格，家具不多，但该有的都有。一张木制双人床，一个破破烂烂、让人怀疑一碰就会散架的木制衣柜，一张兼具书桌和饭桌功能的木制餐桌，以及一张沙发、一个电视柜和一台老式电视机。此外洗手间兼浴室里放着一台洗衣机。

整个房间只有一扇朝北的小窗，因此屋里显得有些昏暗，床单上都生出霉点子了。周宇皱了皱眉，心想幸好今天方纹请假没来。

"你看一下，哪些东西不是你这个房间里本来就有的。"周宇对房东说道。

"我每次把房子租出去之前都会拍照片的，房客退租的时候要按原样给我弄好，不然我可不退押金。"

房东利落地掏出手机，打开相册，翻出照片给周宇看。

周宇比对着照片和现场，发现家具基本都维持原样，衣柜里多塞了几件衣服，房间角落多了个不大不小的廉价旅行箱。桌子上堆放着方便面、饼干和零食，还有几张购物小票散落在旁边。整间屋子看起来没有什么特别之处，所有的日常用品都是一人份，说明应该只有他一个人住。另外，显然这里并不是王治国被害的现场。

周宇走到桌子边翻了翻，发现在一袋零食下面有一个笔记本。翻开来看，本子的前面一半记着类似进货、缴纳房租水电一类的信息，应该是王治国经营小超市时用的。还有些日常事项，比如手机充值和去诊所拿药。

笔记本里有一页被撕了下来，想必这一页就是在尸体身上发现的那张购物清单。

翻到最后几页，周宇发现了有意思的内容。

金汇大厦 25 层

金汇大厦是东阳市的一栋高级商务写字楼。这和在小镇经营一家小超市的王治国会有什么关系呢？

也许……这就是他来东阳市的目的？

周宇又走到房东身边，问："大姐，他是怎么找到你这房子的？"

房东答道："我这房子，中介公司看不上，跟我说租不上价格，说要租就要帮我重新装修什么的。唉，我懒得弄那些，就让我儿子挂到网上了，留了个我的手机号，然后这人就打电话联系我了。"

"然后呢？"

"然后？没然后了啊，房子的图片和地址都挂网上的，他打电话直接就说要租，问我怎么租，然后加了我微信，给我转了押金。是哪一天来着……我看看手机上的记录，对，六月十七号。我跟他约的楼下见，带他上来看了一圈，当场签了合同，把钥匙给了他，告诉他电器和热水器怎么用，我就走了。"房东说着从口袋里掏出一张纸，说是合同，递给了周宇。

"他跟你租了多久？"

"他说想短租，我说那最少也要一个月，他就先交了一个月的房租再加押金。唉，一个月到了，我想问问他还续不续，结果死活联系不上。我就直接来屋里找他，可人也不在，东西倒是都留在屋子里，我想着……该不会是租我的房子干了什么违法的事吧，就赶紧报警了！"

周宇又打量了一番出租屋，问："他有没有说来东阳市干什么？"

"这倒没有。"房东沉吟了一下，好像在回忆什么，"哦，他好像是要去找什么人吧，问过我怎么坐公交车。"

接下来周宇又问了几个问题，就让房东离开了。对房间的调查也没有再发现更多线索。专案组开了几次会议，认为当务之急还是要搞清楚王治国来东阳的目的是什么。如果他就是绑架宋小春、杀死宋远成的凶手，那他又是被谁杀死的呢？

周宇认为，也许答案就在金汇大厦的二十五层。

东阳市是个原本仅有几家大工厂的三线城市，后来顺应时代发展而起的高新科技公司渐渐带动了经济，并吸引来越来越多的高新企业，金汇大厦就位于东阳市有名的"创业区"。"创业区"的楼基本都是最近几年专为适应随着科技发展大潮创办起来的企业而建的，这些企业以经营互联网类产品为主，规模都不大，大多选择租下写字楼的一层或者半层来办公。也正因如此，楼里人员密集且流动性大，调查起来难度比较高。

金汇大厦的二十五楼是一家名为"花语"的公司，主营业务是美妆和护肤产品。

美妆护肤似乎和所谓的"科技创新企业"有些格格不入，不过"花语"和传统的美护生产厂商不同，他们有自己的网络销售平台，并且借鉴了拉新用户返优惠，分享链接砍价等销售方式。作为消费者，拉的新用户越多，分享得越多，自己买产品时的折扣就越高。

不过这些听起来也只是常见的互联网玩法，感觉没什么竞争力，那是什么让"花语"能租下一整层大楼办公的呢？是因为其背后的集团大有来头。

"花语"的主要投资方是"东信集团"，也算是"花语"的母公司。"东信集团"早年以直销模式兴起，一方面让销售人员在马路边卖营养品，一方面搞"养老投资"，也就是做老年人生意，赚了不少钱。发展起来之后又趁着地产热投资了不少房地产项目，慢慢跻身东阳市"本土知名企业"行列。

而后"东信集团"彻底中止了之前的营养品销售业务和拉人

集资的业务，转而作为资方投资其他小企业，还参与了几个政府项目，就这么摇身一变，彻底"洗白"了。

最近几年互联网大火，"东信集团"也积极投身其中，"花语"算是其内部孵化的创业公司。从公司负责人到核心员工，全都是从"东信集团"直接划拨过去的。

不管怎么听起来，这家公司都和王治国这个开小超市的人扯不上关系啊。

周宇决定去实地探查一番。

"嚯，这么多高楼。"把车停在金汇大厦楼下的停车场后，方纹站在大厦前方，一边打量着周围一边说。

"你不是在省城读的书吗，省城的写字楼可不会比东阳市少吧？"周宇有点不可思议地看了方纹一眼。

"那不一样。"

"哪里不一样？"周宇还真有点好奇，他去年还去过省城一趟，记得最繁华的地段高楼林立，跟这里差不多，不知道方纹说的"不一样"是指什么。

方纹嘻嘻一笑，指着金汇大厦楼下的咖啡馆说："就这个，咖啡馆不一样。"

"咖啡馆？这有什么不一样的？"

"你看啊，东阳市的创业区，几乎每栋写字楼一楼都有个咖啡馆，不停有人进进出出。外面也有好多人手里捧着一杯咖啡。省城呢，虽然也有高楼，但楼下没有咖啡馆，你猜这是为什么？"

"呃……"这问题把周宇难住了，他平时就不爱喝咖啡，从来没研究过咖啡馆，更别提什么咖啡馆和写字楼的关系了，"我想不出来，你说是为什么？"

"我有一个发现,在工作压力大、加班多的地方,咖啡馆就特别多。我想是因为中国本没有咖啡文化,大家喝咖啡要么是为了提神,要么是想体验咖啡文化,这写字楼楼下的咖啡馆就肯定是为加班准备的了。省城是文化历史名城,经济方面倒不如东阳市,大部分人在国企或事业单位上班,企业也都是中小型规模。不怎么加班,工作压力小,朝九晚五的,并不需要咖啡提神,所以省城只有商圈和购物商场里有咖啡馆,大家平时上班并不怎么喝。"

周宇上下打量着方纹,心想这小姑娘观察得还挺细。以前出来办案,可很少和同事聊这些有的没的,他也没想到能从写字楼下的咖啡馆里推理出这些来。

"我发现,多跟你们年轻人聊聊还挺有意思的。"周宇迈开步子,嘀咕了一句。

"什么年轻人啊,说得你有多老一样。你平时是不是不怎么上网啊?"方纹呛了一句,匆匆跟上周宇的脚步。

"上网?上啊,我天天看微信公众号呢。"周宇扬了扬手机,露出得意的表情。方纹嫌弃地撇了撇嘴。

电梯上到二十五楼,门一打开就看见几个易拉宝,上面印着不认识的女模特和一些护肤品展示图。二人走进双开的落地大玻璃门,前台一个戴着眼镜的长发小姑娘抬起头来。背景墙是淡紫色的,上面写着"花语 Flower whisper"的字样,感觉和这栋风格冷峻的写字楼有些反差。

周宇出示了一下证件,长发小姑娘马上瞪大眼睛站了起来。

"我们是来询问有关这个人的情况的,他来过你们这儿吗?"周宇拿出王治国的照片。

他本以为这样的公司每天人来人往,前台肯定会说不知道,没想到小姑娘一看照片就马上点了点头。

"来过，我有印象，还被我们保安赶出去了呢。"

"他是什么时候来的？"

"一个多星期之前吧。我发现这人一直在我们门口鬼鬼祟祟的，也不进来，就站在楼梯间东张西望，我就把保安叫来了。"

"他是来找人的吗？"

"对，他说找马总，可我们马总只见预约的客人。每天要见马总的人可太多了，难道每个都给安排啊。"

前台小姑娘撇了撇嘴，看起来已经相当习惯这种情况了。这时，方纹扯了一下周宇的袖子让他回头。周宇回过头一看，发现楼梯间里有几个老人正和保安说着什么，其中一位老人情绪有些激动，眼见着就要往玻璃门里冲。

"这是怎么了啊……"方纹小声地问了一句。

前台小姑娘叹了口气，说："是我们公司有个项目的投资人，因为项目还在进行中，投进去的钱暂时还拿不回来，他们就来公司要钱。"

方纹还想问点什么时，从里面的办公室里走出一名年纪在三十岁左右、穿一身职业套装的短发女性。

"请问你们找谁？"

周宇出示了一下证件，说："找你们马总。"

马雪莹是"花语"的副总裁，她的办公室位于整个办公区的最里面。办公室很大，分为两块区域，一块是她的办公区，宽大舒适的办公桌椅后面有一个红木质的展示架，上面摆着不少奖杯和合影。周宇定睛一看，有一个奖杯上写着"东阳市最有价值企业"。另一块区域放着一套皮制沙发和茶几,茶几上摆着茶具。

周宇之前也去过不少科技类创业公司的高管办公室,风格大多简单时尚,马雪莹的这间办公室却颇有些传统国企老干部的风格。

周宇和方纹先被请到沙发上就坐,办公桌那边,马雪莹正一边用手指着电脑屏幕,一边对旁边的年轻员工小声交待着什么。等了几分钟,年轻员工离开了,并小心翼翼地关上了门。周宇没多犹豫,直接站起来走过去亮出证件。方纹也赶忙跟上。

马雪莹应该是四十岁上下,皮肤保养得很好,一身黑色套装,留着一头长发,姿态颇为优雅。与二人寒暄时语气和神情都非常柔和,完全没有企业领导身上那股盛气凌人的气势。周宇知道,这种人是最难打交道的。

客气话说了几轮,周宇掏出王治国的照片,问:"今天我们来,是想调查一下这个人。请问马总认识这个人吗?"

马雪莹接过照片看了看。

"认识。"

她的表情非常自然,没有一丝惊慌失措。

"请问你们是如何认识的呢?"

马雪莹微微笑了一下,递回照片,说道:"他是我老乡。本来我们好多年没见了,不过最近刚见了一次。"

"在哪里见的?"

"在公司楼下。门口保安室那里。"马雪莹转身指了一下窗外,一派云淡风轻。

"他是专门来找你的吗,是有什么事吗?"

"借钱。"马雪莹抬头笑了笑,但显然她的眼睛里没有笑意,"他说最近手头紧,想问我借钱。"

"你们那么多年没见了,他怎么就突然找到你借钱呢?"

"这我就不知道了,可能最近我们公司业务发展得不错,上了不少新闻报道,然后他偶然间看到了吧。"

马雪莹说着拿出几本杂志摊在桌上。都是商业杂志,有一本的封面就用的她的照片,配着大号字标题"互联网美妆新突破——专访花语副总裁马雪莹"。

周宇扫了一眼杂志,抬头问:"他跟你借多少钱?"

"五十万。"

"五十万?这可不是个小数目,他说过要这笔钱干什么吗?"

"他没说,我也没问。看在老乡的份上,我说可以借他五万,多了手头没有,他就走了。"马雪莹面无表情地说着,看了一眼手机,很明显是在催促。

"你们最近一段时间只见过这一次面吗?"

"正面交流就这一次,不过我发现他好像在跟踪我。"马雪莹说完,意味深长地看着周宇。周宇一瞬间被她的气势所震慑,移不开视线,舌头也像打了结。好在一直记笔记的方纹语气夸张地说了一句:"跟踪?!"周宇这才回过神来。

马雪莹露出微笑,身子往椅背上靠了靠,继续道:"有一次,我在外面和客户吃饭,走出饭店就发现他站在附近。不过当时客户也在,他就没过来。还有几次我也是隐约觉得看到他了,唉,也有可能是我神经太紧张了吧。"

周宇点了点头,马雪莹的表现很正常,但跟踪一事要仔细查查。

"这么说来,王治国有可能知道你的行程安排?"

马雪莹不置可否地应了一句"谁知道呢",同时迅速拿起电话听筒,按下一个按钮,说了句"来我办公室",然后放下听筒对两位警察说："对不起，警察同志，我还有个会，我叫来了我的助理陆羽，我的行程都是由陆羽安排的，你们问我我还不一定记得清，问她最清楚了。"

说话间，名叫陆羽的短发女助理已经来到办公室了，马雪莹为双方作了个简单的介绍，就拿起笔记本电脑站起了身。走过助理身边时，她交待了一句："把之前说的那个客户的会面定到今晚吧。"

短发女助理似乎有些惊讶，但刚回了一句"那本来预定的——"就被马雪莹打断了。之后两人在办公室门口又低声交谈了几句，马雪莹便拿着电脑离开了。

叫陆羽的助理又请周宇和方纹到那边的沙发上就坐，然后不声不响地沏了一壶茶。小心地将茶水倒进两个小茶碗中，分别摆到周宇和方纹面前。

周宇不懂茶叶，平时在办公室喝的都是路边的茶叶店里随便买的茶，他喝了一口，没尝出好坏，只觉得挺解渴。倒是方纹尝了一口就说："这茶不错。"

陆羽微笑着坐下，似乎对方纹的评价很是受用。

"我们马总喜欢喝茶，两位警官也喜欢的话，留个地址，下次有新茶叶了我给你们快递点。"

"啊，不用了。"周宇放下茶杯，说回正题，"咱们聊一下你们马总的行程吧。"

陆羽点点头，掏出手机直接放在桌上，然后点开了一个行程记录App。

这一连串动作都带有几分刻意，特意将手机放到桌子上操作，似乎是想向二位警察表明自己没对行程记录动什么手脚。理论上来说，陆羽应该确实没有机会修改记录。

周宇凑近细看，发现上面密密麻麻地记录着马雪莹每天的工作安排。征得同意后，他点开近几日的行程看了看，发现除了公司的会议、与客户约见、商业饭局等工作事宜以外，家人生日，以及外出办理个人业务等私事也都罗列在内。可见陆羽的工作不仅覆盖业务层面，还要照顾领导的私事。

接着他又往下划了一下，看了看接下来几天的日程安排。马雪莹的工作安排确实很紧，每天大大小小的会议一个接着一个。有时候就连晚上也安排了工作，看来赚钱也不容易啊。

方纹也凑过去看，但她的注意力马上被茶几边放着的一个小盒子吸引，盒子上印着一个英文标，她知道那是某男士手表品牌的Logo，该品牌的东西都价格不菲。

这时周宇说道："请你大概讲一下你们每天的工作流程吧。"

"我每天八点和司机一起去马总家楼下接她，八点半左右到公司。先花十分钟在楼下吃早饭，然后跟马总对一下当天的安排。九点我们正式开始工作。一般马总外出我都会陪同，但是她的部分会议我不参加。行程里打了星标的就是不需要我参加的。"

周宇点了点头。

"你们晚上几点下班？"

"规定的下班时间是六点，我们公司不怎么加班。不过我每天六点过后要和马总过一下第二天的工作安排，再处理一会儿邮件，没有特殊情况七点多下班。马总一般都比我晚，司机会送她回家。"

"也就是说，每天从早晨八点到晚上七点这段时间你基本都和马总在一起，是吗？"

"可以这么说。马总外出的时候我肯定陪着，还要负责联络。"

"看起来你非常忙啊。周末呢,也需要加班吗?"

"周末有时候要陪马总参加一些活动。"

周宇点了点头,请陆羽打开七月十日这天的行程。因为法医推断王治国的死亡时间是在七月十日的下午两点到晚上十点。

根据行程软件的记录,这天马雪莹早晨正常到公司,中午与客户用餐,下午带同一批客户去参观工厂,晚上又与客户外出就餐。

"这天的行程可以详细说一下吗?"

陆羽拿起手机看了看,说道:"哦,那天我们要招待一个合作方,中午是在附近的宏福餐厅简单吃了顿,下午带客户去参观工厂,马总介绍生产线的情况,并在工厂的会议室开了个会。会议是晚上七点多结束的,晚上马总和我们公司的另外两名高管跟客户一起吃饭,在市里的一家私房菜餐厅。除了晚餐,我全程陪同的。"

"在工厂开会你也在吗?"

"是的。那场会议我们公司的和合作方的加起来,有七八个人吧。晚上的饭局也有五六个人参加。"

方纹拿出手机拍下App上显示的内容,并要求陆羽将客户的联系方式写下来。

周宇转而问道:"你来这家公司工作多久了?"

"四年了。"

"那你应该挺熟悉马总的吧,最近她有没有什么奇怪的地方?"

陆羽露出警惕的表情,答道:"我没看出来哪里奇怪。不过她有什么事也不会表露出来。"

"对了,你们马总看起来很年轻啊,年纪轻轻就当上总裁了,你了解她以前是做什么的吗?"

"马总一直在我们集团,一开始是做销售的,她能力强,就一步一步升上来了。集团的大领导都很认可她。"

"是做销售的啊。确实很多公司的高管都是做销售出身。"周宇随口说道。

谁知陆羽像是不服气一般,连珠炮似的又说道:"马总和其他销售不一样,她的经营能力也很强。在创办'花语'以前,集团还做过一个项目,当时交给了集团里一位很资深的销售主管去做,结果连年亏损,项目做得半死不活。之后那个项目被交到了马总手上,原本在集团内都没人看好了,大家都觉得是烫手山芋,没想到马总只带了一年,就把项目做到了盈亏平衡,第二年就实现了盈利。"

刚才还稍显拘谨的陆羽十分激动地诉说着,对马雪莹的尊敬溢于言表。

说完陆羽像是觉得有些失礼,站起身续了点茶,又坐下来补充了一句:"不过这些都是我来之前的事了,我是看了马总的个人采访知道的。"

周宇和方纹又问了几个问题,便表示今天先到这里。陆羽送二人出去时,恰好又碰到几个讨钱的老人,也许是为避免尴尬,她让周宇和方纹稍等一下,自己转身回到办公室,过了一会儿拎着个袋子回来了。

"我给你们拿了些公司的宣传册,还有几本登了马总的采访的杂志,二位有时间可以了解一下。"

两人接下,离开了"花语"。

电梯门刚关上,方纹就无所顾忌地说道:"这个公司肯定有问题,一直有人讨钱啊。"

下了电梯,二人向停车场走去,半路上方纹屡次回头,说总觉得有人跟着。周宇正说她神经过于敏感时，就真的看到一个人冲出来，神色诡异地看着他们。

原来是"花语"的前台小姑娘。

"怎么了？有事？"

前台小姑娘喘着粗气，手里拿着个笔记本，举起来挥了挥。

"这是不是你们掉的啊？"

很明显那是本崭新的笔记本。周宇笑了。

"可能吧。你还有别的事吗？"

前台小姑娘凑近了一步，压低声音说道："我突然想起一件事，觉得有点奇怪。"

周宇就知道这个前台小姑娘不是专门来送笔记本这么简单，看来她要说的事不方便在公司里说。

"什么事？"

"其实……最近几天，我感觉马总不太对劲。"小姑娘一脸神秘。

周宇和方纹对视了一眼，刚才陆羽还说马雪莹最近没有反常的举动，这个前台小姑娘的说法却截然相反。

"怎么不对劲，说说？"

"也没有那么夸张，就是前几天，前台这里有一份她的快递。平时她的快递都是由陆姐统一拿走给她，但那天她一早就来问我有没有人找她，或者有没有她的快递。"

"哦？然后呢？"

"她拿到之后看了一眼，又跟我说这几天如果有她的快递或者有什么人找她，一定要第一时间通知她。感觉和平时不太一样。你们也知道，平时没有预约的人她都是不见的。而且，那天她很慌张，我很少见她那副样子，有点反常。"

"你知不知道那份快递里是什么东西？"

"这个嘛……"前台小姑娘低下头，犹豫了一下，"我当然不能拆她的快递……不过，那天她拿走快递没多久，就叫我拿几本公司的宣传册到她办公室，我进去的时候，发现她办公室的地板上有几张碎纸片。"

"什么纸片？"

"我也不确定那些纸片就是快递里的东西，不过我当时捡起来看了一下，上面写着字。"

"写着什么字？"周宇着急地追问，那气势吓得前台小姑娘往后退了退，方纹赶紧上前挡着。

"写着什么……海……绿色……"前台小姑娘摇了摇头，"我也记不太清了，我当时就以为那是马总随手扔的，捡起来丢进垃圾桶了。"

海绿色？

什么意思？

"你还在屋里发现了什么吗？"周宇继续追问。

前台小姑娘嘟囔着"没有"，脸上的笑意已经消失了，如果刚才她还把这一切当成有趣的事，那么现在她切实地意识到事件的严肃性了。

"那马总还有其他反常的地方吗？"方纹插嘴问道。

"我想想……"前台小姑娘抬起头，看着写字楼的方向说道，"我感觉，最近她似乎心不在焉的，像是没休息好。平时马总都很有精神的，但是最近，有几次我进会议室给客户倒茶，感觉她好像很累。"

"你说的这些事，是在刚才给你看的那张照片上的男人来找她之前还是之后？"

"之后。应该是那之后没几天。"前台小姑娘非常肯定地回答。

周宇和方纹对视了一眼,二人达成默契,都认为这件事应该和王治国的死有某种关联。

这时前台小姑娘又开口了。

"其实……我……"她看了看四周,"我感觉我们公司……不太好。"

"什么意思?"方纹靠近了一些,抢先问道。

"我不清楚公司里的业务,但最近经常有老人找上门来,要我们还钱……所以我想,没准你们在查的事和这个有关,要是你们能破案,帮那些大爷大妈把钱找回来,那该多好啊。"

前台小姑娘越说头低得越低,声音也越来越轻,方纹拉住她的手,安慰道:"放心吧,我们警察会查清楚的。你要是又想起什么,或是有什么新发现,随时联系我们。"

周宇马上拿出一张警民联系卡递了过去。

看前台小姑娘的身影彻底消失后,方纹叹了口气。

"怎么了?"

"我刚才就说吧,这家公司明摆着是个套着科技公司外皮的骗钱公司,连他们自己的员工都说是在骗老年人的钱,你们警察怎么也不管管?"

"什么你们警察,刚才你不是还说'我们警察会查清楚的'吗?"周宇其实心里也气,但还是克制着说道,"再说了,咱们还不了解具体情况呢,没准儿就是合法合约的,毕竟投资本来就有风险,警察也不能什么都管。"

"那就是钻法律空子了,说明法律还不够完善。"方纹不服气地反驳。

"你说说这要怎么完善？"

方纹被问住了，她想了一下，说："那就规定，七十岁以上的老人，签署法律文件时必须有儿女陪同。"

"那万一儿女不孝顺呢？老人想自己办事都办不了了。"

方纹语塞了。

二人找到了车子，坐了进去，看方纹还一脸不服气，周宇道："行了，别想了，他们可以天天打市长热线，就让市长操心去吧，我们的任务是查案子。"

方纹又叹了口气，把刚才陆羽准备的袋子放到了汽车后座，系好了安全带。

周宇回头看了看袋子，想了想，伸手又把袋子拿了过来。里面有两本"花语"的宣传册，几本杂志，还有几份化妆品小样。周宇把小样拿在手上看，他不懂化妆品，单看包装觉得挺精美的，应该有很多女孩冲着包装购买吧。

"怎么样，你喜欢这种吗？"

"啊？"方纹马上意识到他在说什么了，脸上露出嫌弃的表情，冷漠地说道，"我肯定不用，他们家的东西都是便宜货。"

周宇有些惊讶。"便宜货？什么意思？"

"就是便宜嘛。来之前我查过了，他们出的眼影一盘才二三十块钱，谁敢用啊！"

"啊？"周宇更加不解了，"二三十块钱还便宜啊？"

方纹张大了嘴，仿佛是听到了世界上最离奇的事一般。

"二三十还不便宜啊？稍微好一点的就要卖三四百了。"

这次轮到周宇惊得说不出话来了，就那么一盒彩色粉末，竟然如此昂贵。

方纹无奈地叹了口气，发动了车子。

"别想眼影了，你还没女朋友呢。咱们聊聊案子吧，有什么想法吗？"

周宇回过神来，在大脑中整理案情。

回到警局后，他在笔记本上写下至今为止发现的事实及疑点。

1、死者王治国和马雪莹有关联。而且王治国很有可能掌握了马雪莹的把柄，所以前去借钱。

2、马雪莹最近有一些反常举动，她似乎有什么预感。另外有一份快递让她很紧张。

3、明明前台的小姑娘都看出了马雪莹的异常之处，但是马雪莹的助理陆羽却说她没有任何反常的行为。她应该是最了解马雪莹的人，她为什么要撒谎？

4、如果陆羽提供的行程是真的，那么在王治国的死亡推定时间内，马雪莹是拥有不在场证明的。反而是陆羽，当天晚上没有不在场证明。

5、前台小姑娘提到的在马雪莹办公室中发现的神秘碎纸片和案件是否有关呢？

从迷雾中浮现出一个新人物马雪莹，看起来案情似乎有了重大突破，可周宇却觉得，这可能只是从一片迷雾走进了另一片迷雾之中。

10

晚上十点多,秦思明从一家烤串店里走出来。

这个学期的考试终于全部结束,他和几个关系不错的同学相约在学校附近的烤串店聚餐看球,吃得倒是差不多了,但球赛还没结束。那几个同学又点了些下酒菜,继续喝酒看比赛。换作以往,秦思明多半是陪着朋友不醉不休,然而现在他却无心再待下去。哪怕只是在吃饭的这段时间,他也一直处于心神不宁的状态。好不容易逼自己安下心来熬过考试周,现在的他,满脑子都是这段时间遭遇的离奇事件。

他和同学打了个招呼,提前离开了烤串店,准备回租住的房子。最近在调查关于神秘快递的事情,住在宿舍总归有诸多不便。

他晕晕乎乎地向小区门口走去,也许是因为喝了点酒,他感觉脑袋不太清醒,连熟悉的道路都显得有些歪歪扭扭。

有点奇怪。

从刚才开始他就发现身后有个人跟着,似乎一直刻意和自己保持着固定的距离。秦思明走进小区的侧门,侧门没有保安,是方便居民进出开的小门。他故意放慢了脚步,如果对方只是偶然跟在自己后面,那么此时应该会逐渐超过自己才对。

然而,后面的人也刻意放缓了脚步。秦思明有了主意。他迅速加快脚步,在小区里拐了几个弯。果不其然,后面的人也加速跟了上来。秦思明刻意绕道，走到小区的一处花坛边，稍微停留了一下，然后猛地回头，冲向后面的人。

对方显然没有料到他的举动，愣了一下便调头跑了。秦思明紧跟着冲过去，然而，虽然他运动神经不错，但刚喝了酒，酒劲还在，刚跑出没多远就被什么东西绊了一跤。

可恶。

秦思明扶着膝盖低头一看，地上有一个黑乎乎的垃圾袋，不知道是谁随手扔在了路中间。他懊恼地站起身，喘着粗气。虽然运动量不大，但那种提到嗓子眼的紧张感和压迫感还是让他的呼吸急促了起来。

接下来该怎么办？小区里有监控摄像头，也许拍到了对方。不过刚才看到对方穿着一身黑衣，戴着口罩，就算被监控拍到，估计也看不清长相。这样一来……正当他低头思考的时候，突然发现脚下除了一袋垃圾，还有一样奇怪的东西。

秦思明凑近了细看，发现那是一张白色的卡片，类似小区的电子门禁卡。他捡起磁卡，打开手机的手电筒照亮观察，发现卡片两面都是白色的，一面上有一行浅灰色的小字，写着 JH083。

这是什么？黑衣人转身跑掉的时候从口袋里掉出来的吗？

秦思明姑且将卡片放到了口袋里。回到家后，他对着卡片拍了几张照片，发给了肖磊。

第二天早上秦思明是被电话吵醒的。昨天因为酒精的缘故，他睡得还算踏实，但副作用是早上起来的时候感觉头像要炸裂了一样的疼。

"喂……"

"你不会还在睡觉吧？"电话里传来肖磊的声音，听起来很有精神。

"昨天喝了点酒。"

"你倒是睡爽了。昨天半夜给我发照片，我可是研究了好久呢。"

"那……有结果吗？"秦思明突然有了精神，他从床上坐起来，揉了揉头发。

"从图片上来看，我的第一感觉是这是一张门禁卡。"

"废话，这是个人都看得出来吧。"

秦思明开了免提，先去洗手间擦了把脸，对着洗手间的镜子一看，眼睛还有点肿。

"我还没说完呢。"电话里传来肖磊不满的声音，"要不等你清醒一下我再打过来？"

"不用不用，我睡醒了，你说吧。"

"如果这张卡真的是跟踪你的人掉落的，那么，我们就有可能通过这张门禁卡查出对方的身份。首先我想的是，这是居民小区的门禁卡还是写字楼的门禁卡呢？卡上有个数字，083，像是某种编号，小区的门禁卡一般不会设计得这么复杂，都是统一制作、统一发放的，通常来说不会有编号。所以我初步判断，这应该是一张写字楼的门禁卡。"

秦思明边听边刷完了牙，然后他打开冰箱，拿出昨天下午在楼下西餐厅里买的三明治，又用胶囊咖啡机弄了一杯咖啡，这才在桌子边坐下来。他含糊不清地发出"嗯嗯"的赞同声，肖磊说得有点道理，他现在住的这个小区已经算是附近最高档的小区了，但门禁卡也就是一张指甲大小的蓝色磁卡，上面可没有什么编号。

"那么，定下了写字楼的大方向之后，我开始思考这个JH083的含义。JH很有可能是写字楼的名字缩写，083是门禁卡的编号。"

"有道理。但是东阳有这么多写字楼，怎么找啊？"

"没错。别着急，我们继续想。如果这是一张写字楼的门禁卡，那就是平时上下班要用的东西。普通人会把这种门禁卡放在卡夹或者包里，要么就是上班时挂在脖子上，下班之后就放进包里，对吧？"

"唔……"秦思明还没有工作过，并不知道肖磊说的对不对，听起来似乎没什么问题。

"一般来说，这种每天出入都要使用的东西都会放在包里，因为如果随手抄在口袋里，换件衣服就忘带了，会很麻烦。但是跟踪你的这个人，却偏偏毫不在意地将卡片放在口袋里……我在想，这样会不会太随便了呢？"

"嗯，确实有点奇怪。"秦思明表示认同。

"我想来想去，觉得这可能是一张临时门禁卡。"

"临时门禁卡？那是什么？"

"就是在写字楼上班的人忘带卡了，就在前台登记一下，拿一张临时门禁卡，一般只能用一天的那种。如果是这种临时门禁卡，就很好解释了。对方是有正式门禁卡的，只是因为偶尔忘带了，才办理了一张临时门禁卡当天出入，理论上这张卡应该再交回去的，但也有人用完就随手放在口袋里了。"

"原来如此。也就是说，我们只要去调查东阳市有临时门禁卡的写字楼就可以了？"

"没错。一般只有高级写字楼才会有这种东西，东阳市这样的写字楼不多。我今天没事，可以都去看看。"

"我和你一起吧。"秦思明把剩下的三明治塞进嘴里，拿纸巾擦了擦嘴。

"不，你有更重要的任务。"

秦思明来了精神。为了论文和考试在家憋了近一个月，现在最盼着的就是刺激的任务了。

"你还记得上次那个U盘里的视频吗？"

上次见面后，肖磊让他通过网络把视频传过去，说要再好好"研究研究"。

"我已经找到视频里的房子在什么地方了。"肖磊淡定地说道。

秦思明上网搜索肖磊发来的地址，在位于东阳市南郊的那片老厂房区。

秦思明记得很小的时候曾在南区的老楼房里住过几年。那是他很小的时候，母亲带着他住在一栋老楼房的顶层，每天上学放学都要爬六层楼。而且因为户型的原因，家里只有卧室和厨房有窗户，客厅永远是阴暗潮湿的，哪怕是白天也需要开灯才行。

不过那样的生活并没有持续太久，母亲在东区买了新房子，之后又添置了车子。上中学时，如果遇到雨天，他又恰好没带伞，母亲就会让公司的司机来给自己送伞。当然，他都只对同学说来人是他的"叔叔"。大学入学时，母亲为院系领导精心准备了礼物，秦思明在大学的四年受到了不少照顾。这一切，都让他渐渐忘记过去在老房子里生活的经历了。

秦思明的学习成绩不算特别拔尖，但如果有参加活动的机会，老师肯定都会想到他。还会安排他担任一些班级干部。在影视剧里，这种学生往往会招致其他同学的嫉妒，但在秦思明身上却并没有发生类似的剧情。与之相反，得益于良好的家庭条件，他颇受同学的欢迎。毕业后过去的老师和同学也会经常联系他、邀请他参加同学会什么的。可以说，从小到大，他所感受到的几乎都是世界的"善意"。

但与此同时他也知道，在他所生活的世界之外，还有一些完全不同的人。他也见过贫困的居民区，见过破破烂烂的平房，门口堆满腥臭的垃圾，门窗薄得似乎风一吹就会散。他也曾想过，如果自己就出生在这样的家庭，是不是也会一辈子过那样的生活呢？每次这么一想他就会觉得后怕。

正因为抱着这样的心情，他十分感谢母亲为他提供了如此优越的成长和生活环境，因此就算母亲经常忙于工作而疏于照顾他，他也并没有对母亲有任何不满。他和母亲的关系算不上特别亲近，但只要遇到难事或者困扰，他都会第一时间告诉母亲。母子二人也算互相理解，互相支持。

只有这一次，他隐隐地觉得，这件事不该告诉母亲。

秦思明没用手机 App 打车前往那里，而是在马路上挥手招了一辆出租车。因为手机打车 App 绑定了母亲的手机，他担心母亲没事的时候查看他的出行记录。他发现自己已经在潜意识中埋下了怀疑母亲的种子。

也许母亲有什么事瞒着自己……

"哎呀，南厂房那边现在连个人影都没有，你去那儿干吗啊？"司机听他报了地址，不解地打听了起来。

"办、办点事……"

"去那边能办什么事啊。厂子早拆了，也没人住。"

"我就是去看看老房子，我对那种以前住过人，但是现在废弃了的地方比较感兴趣。"秦思明下意识地扯了几句，只求把司机师傅的好奇心应付过去。

"小伙子，你可真够奇怪的，研究这个干嘛？"没想到司机师傅更来了兴致，还特意把车载广播的声音调小了一点。

"我……我是搞自媒体的，平时就喜欢去这种地方拍东西。"秦思明随便编了几句。

"啊我知道！那个是不是叫什么V……Vlog啊？我上次拉了几个小姑娘，非要去荒山野岭拍闹鬼。你是不是也是专门拍这种东西的啊？"

"啊？嗯……差不多吧。没那么夸张。"秦思明下意识地抱了一下背包，不知为什么，他被这个司机说得有点慌。

"你别说，我记得南郊老厂房里好像还真闹过鬼。你是不是也听说过啊？"司机彻底打开了话匣子。

"闹鬼？"

"是啊，我有个远房亲戚说的。以前工厂拆迁那会儿，人都撤得差不多了，但厂子里还有些破铜烂铁没处理完，所以就留他在那儿看门。他说有一天晚上，半夜吧，听见了小孩的哭声……"

"哭声？"

"对，那哭声不是普通小孩闹脾气的那种哭啊，是那种有点低沉、像是呜咽一样的哭……听着特别瘆人。"

"可能是谁家的孩子夜里饿了？"

"怪就怪在这儿啊。"司机说到了激动之处，不由得提高了声调，"我亲戚说，那会儿厂区早没人了。他们厂是最晚迁走的，只留了他一个人在那儿。你要说有流浪汉在那儿找地方睡觉还有可能，可谁会大半夜带孩子去那种地方啊。"

"也是……可说不准是谁家孩子半夜跑出来迷路了呢？"秦

思明有一搭没一搭地和司机聊着,眼睛则一直盯着窗外。

"那附近的居民也都迁走了啊,怎么可能有小孩跑出来?"

"这……"秦思明也不知该怎么回应了。

司机继续说着。"我之前觉得,会不会是哪个女工跟人生了私生子,没地方养,就偷偷养在那里?但是还没完呢。第二天,小孩的哭声没了,但又出了另一件怪事。你猜怎么着?"

"怎么了?"秦思明下意识地重复道。

"我亲戚看见鬼了!"

秦思明彻底无语。

"我跟你说,你别不信,我亲戚是真看见了……哎哟,到了。"

司机一副意犹未尽的样子,慢吞吞地停下车,补了一句:"我就给你停在这儿了啊,你说的那个地址我也不清楚具体在哪儿,应该就在附近,你自己找找吧。"

秦思明下了车,旁边是一处公交车站。他四下张望了一下,发现四周杂草丛生,不过马路还算干净,确实一个人影都没有。

肖磊说是用电子实景地图比对视频里的一些特点发现这里的。U 盘里的视频有一个一闪而过的镜头,拍摄到了窗外的景色,能看到房子外远处有一个大烟囱,那是南郊老厂房区的标志性建筑。之后肖磊跟据这个特征在实景地图中比对寻找,最后确定了视频拍摄的大概位置。

秦思明按照导航走着,穿过一片杂草地,眼前出现了几间破败不堪的厂房。厂房的另一侧是一小片平房,不知是不是当时的职工宿舍。

就是这儿了吧,秦思明想着,又看着手机导航确认了一番。

秦思明平时胆子挺大的,现在又是大白天,但也许是刚才司机师傅说的那一堆有的没的,突然让他心里没底。不知是不是感应到了他的迷惑，恰在此时，他收到了一条肖磊发来的信息。

信息内容是：到了吗？找个门口没有遮挡的地方，调整好角度看一看。

还发来了一张视频截图，显然是让他对着截图的角度去看烟囱的方位，以确认位置。

秦思明走到平房区，发现房子门口杂草蔓生，只有一排房子前勉强算是没有遮挡。

他走过去，一间一间推开门看，确认房间里的摆设以及透过窗户看出去的风景和截图中的是否一致。

这些平房看起来都至少十几年无人居住了，里面也没什么物品。

前面的几间房看起来就和视频里的房间完全不一样，但当他推开最后一道门时，突然产生了一种"就是这儿了"的感觉。

房间里的摆设与视频中的几乎一样。一张破破烂烂的木板床，一张掉了漆的方形桌子，两把椅子，墙皮脱落的墙壁，漏风的窗户，都和视频里的一样。秦思明透过窗户向外看去，正好能看到一截烟囱，和视频截图中的样子完全相符。

看来就是这里了。

秦思明深呼吸了一下，让自己冷静下来，然后开始观察整个房间。

这间房肯定许久无人居住了。没什么东西，就角落里有几个破破烂烂的本子和文具，秦思明翻了翻，没发现什么线索。

之后他把桌椅都挪动了一遍，却依然没有任何发现。

忙活了半天，秦思明伸展了一下身体，这一番折腾让他出了些汗。视频里的房间应该就是这里，但是这里有什么呢？秦思明掏出纸巾擦了擦汗，发现自己还没看过床底下。

床底下……他突然想起某些恐怖电影中的场景。在看似普通的房间里，主角不经意地向床下看去，然后就发现了不得了的东西。

秦思明后退了一步，打开手机的手电筒。虽说此时室内光线充足，完全能看清床底，但为了给自己壮胆，他还是想尽量多弄出一点亮光来。

秦思明慢慢跪在地板上，然后慢慢低下头，小心地观察床下。

……什么都没有。

不，也不是什么都没有，床底下有些废纸板，还有几个废纸团，看起来不像是有用的东西。不过来都来了，索性都弄出来看看吧。

秦思明鼓起勇气，伸长胳膊去够那几个废纸团，可费了半天劲，还是够不到。他又看了看床板，寻思着应该可以直接爬进去。反正都大老远地跑到这里了，发现了东西就都调查清楚吧。

于是秦思明站起身，放下背包，裤兜里的东西也都掏出来，最终只拿了手机便往里面爬。

他的身材比较瘦，肯定能挤进去。只是地板太脏，刚往里面爬了一点手上就沾满了灰，衣服和裤子肯定也被弄脏了。不过现在他顾不得这些，又往里爬了几下，终于将那几团废纸拿到了手里。秦思明没多想，直接翻身躺下，将手机的手电筒照了过去。

展开废纸团，纸上是一些乱涂乱画的小图，像是小孩的涂鸦。纸也像是从本子上撕下来的，没什么特点。秦思明感觉脱了力，微微吐出一口气，双眼放空地盯着上方的床板。就在这时，他突然有种强烈的异样感。几乎是下意识地，他将手举过头顶，手掌贴在床头靠着的墙壁上。

对……就是这样，似曾相识的感觉涌上心头，这个场景唤醒了他心底深处掩藏已久的记忆碎片。

自己曾经在什么时候,也在这样的地方,以这样的姿势望着床板。连床板上粗糙的木头纹路都与记忆中的画面重合了。

秦思明记起那时自己不知是出于恐惧还是饥饿而大声地哭了起来,却发现嘴巴被什么东西塞住了,只能发出呜咽声。而且没有人回应,母亲不在身边。

在那段记忆里,天似乎一直是黑的。他的手好像被什么东西绑住了,他努力地挣扎,却毫无办法,反而感觉手被磨得生疼。

为什么这段记忆里没有母亲呢?

秦思明将意识从回忆中拉回来。他翻过身,看了一眼床头方向的墙壁,惊讶地发现那里有一块深红色……那是什么?他感觉大脑有些混乱,藏在深处的某些记忆正浮现出来,但又看不清楚。

他从床下爬了出来,深呼吸了几次,平复心情。这时才想起刚才原本是为了拿纸团才钻进去的,赶忙又捡起那几张纸,摊平细看。勉强能看出画的有小熊、兔子和小鸟……

不对……有什么地方不对!

秦思明僵在原地,一种接近电击的感觉直冲他的大脑。这几个小动物,是他小时候最喜欢的一本绘本中的插画,因为特别喜欢那幅插画,他还曾将那页剪下来,贴在床头。难道说……

他看向窗外,突然意识到刚才就有的那股违和感是怎么回事了。母亲曾经当笑话说过,小的时候他总是固执地认为海水和河水是绿色的,直到上小学之后才不再坚持了。

再看向几张废纸上画的小河,全部都是绿色的。

11

宋迎秋回家的时间有点晚。家门口有一张广告传单,她捡起来看了一眼。

最新美肤科技 焕发容颜新光

硕大的文字下面配了一张女模特的照片,右下角是花语公司的 Logo。

"啧。"宋迎秋将传单揉成团,丢到了地上,又愤恨地踩了两脚。

这东西让她恶心。

但踩过之后她又像是想到了什么一般,将传单捡起来,走进了屋子。

她坐在桌边展开纸团,又拿纸巾擦了擦表面,将传单翻了个面。只见背面有一行醒目的大字:

三年收益 20 万!新型百岁水投资回馈 200%!

这个耸动的标题下面,是看起来极其可疑的关于"百岁水"的介绍。大意为,这是一种新型保健饮品,是外国专家研发的,已通过实验验证可以让人类的寿命延长三到五年。之后就是若想加入该项目，可与某某某联系。

这个某某某，正是马雪莹。下方还配了一张马雪莹的照片及个人介绍，为了证明这位项目负责人的"权威性"，介绍中写满了她的光辉履历："北京大学经济学学士／耶鲁大学工商管理硕士"。宋迎秋差点笑出声来，据她所知，马雪莹根本没上过大学，竟然敢在宣传资料上如此名目张胆地招摇撞骗。

为了调查马雪莹，她去参加过"百岁水"的宣讲会。宣讲会在市里唯一一家五星级酒店的宴会厅举办，布置得极其华丽。到场的大多是老人，整个宣讲会充满了鼓动的气氛，讲到一半还载歌载舞了起来。宣讲内容主要就是请各种所谓专家和社会名流上台，为"百岁水"作宣传。最后是签约环节，会场里有不少人当场掏钱，还因为名额有限而闹了起来。

宣讲会结束后，走出大门的宋迎秋还无法消化这一整天的经历，她觉得实在过于荒唐可笑了。然而，就是这样一场极其低劣的大戏，只需稍微搜索一下就能识破的骗局，却还是源源不断地有人上当。

宋迎秋看着手边的宣传单，感受到一阵深深的无力。不知道这个小区里又有多少人因为收到了传单而上当受骗呢……

回家之前，她又给王治国之前租住房子的房东打了个电话。虽然房东极力掩饰，但还是能从语气中听出她知道租出去的房子里出事了。

看来，警方应该已经找到马雪莹了……

王治国在笔记本上写下了马雪莹公司的地址，当然是由她透露的，为了留下证据，她还特意提醒王治国要用纸笔记录下来。

一切都在按照她所预想的发展。

现在的问题是要把控节奏，也就是要了解警方对该案的侦破进展。

不能一直被动地等待警方找来，必须要想想办法……

也许是因为最近操心的事情太多，宋迎秋感觉有些累。她倒头躺到床上，想闭眼稍微小睡一会儿。半梦半醒间，她听到了一阵说话声。

那似乎是……母亲的声音。

她马上睁开了眼睛，从床上起身，打开门时母亲正好站在眼前，似乎正打算敲门。

母亲手里提着一篮水果和一个塑料袋，不知道里面是什么。

"下次还是给我一把这里的钥匙吧，我刚才敲了半天大门，幸好你室友给我开了门。"

母亲径直走进房间，将东西放到了桌子上。房间很小，宋迎秋让母亲坐在桌边的椅子上，自己坐在了床上。

"你怎么来了？"

"我过来找朋友，他给了我些点心和水果，我也吃不完，就想着要不给你送过来吧。你工作忙，平时多吃点。"

宋迎秋点了点头。她知道母亲口中的"朋友"应该就是别人给介绍的"老伴儿"。对于母亲再找对象的事，她一直是无所谓的态度，从不干涉。她觉得母亲的生活甚至都与她无关了。

"我吃不了这么多。"宋迎秋打开袋子看了一眼，里面是些散装点心。她取出一半，剩下的又递给了母亲。

母亲推托着，说："家里还有呢，我吃不完，胃口没你们年轻人好。"

宋迎秋把果篮也放到母亲那边，说："那就送给你的其他朋友吧，在我这里放久了也要放坏的。"

果篮里都是葡萄,她不喜欢吃葡萄,从小就不喜欢,但母亲似乎从来没意识到,她也就没刻意提。

母亲叹了口气,还是妥协了。

宋迎秋从抽屉里拿出几张陵园的宣传单,摆在桌上,说:"朋友给我介绍了几个陵园,我回头找时间都去看一下。你可以先看看宣传单。"

母亲随便翻了翻。

"嗯,你决定就行,我看着都差不多,我也不懂。"

只看宣传单的确看不出什么,宋迎秋这么说只是想探探母亲的口风,看看母亲会不会想和她一起去实地看。听到这样的回应,她便知道母亲对这件事一点都不上心。

"嗯,那等我找时间去看看再说吧。"她尽量不流露出失望的情绪。

"对了,我想起来一件事,想和警察说一下。上次警察不是去过家里了,留联系方式了吗?"宋迎秋一边收拾着陵园的宣传单,一边假装漫不经心地说道。整理的过程中她还故意将门口捡到的"花语"的宣传单放到最上面,并且露出有马雪莹照片的部分。之后她偷偷地观察着母亲。

然而,母亲并没有什么特别的反应,只是愣了几秒,问道:"你找警察干嘛,你知道什么吗?"

"没什么,我就是突然想起来,爸失踪之前,我好像在家门口见过一个奇怪的人……"

母亲露出困惑的表情,宋迎秋不知那表情有何深意,不过母亲没说什么,告诉了她刑警留下的电话。

母亲不常来这里,一来是因为离家比较远,二来也是房间太小,还是和别人合租,多有不便。母女俩也没什么可聊的,宋迎秋问了问母亲的身体状况，又说了说自己最近的工作后，屋子就被略显尴尬的沉默所笼罩。

沉默中，一阵细小而微妙的声音透过墙壁传了过来。

又来了……宋迎秋不快地皱起眉头。轻微的痛苦呻吟声透过隔音效果极差的墙壁传了过来。她看了一眼母亲，发现母亲明显露出了疑惑的表情。

"好像有什么声音。是不是屋子里进老鼠了？"

"不会吧，我这里挺干净的，可能就是下水道的下水声，没事的。"

母亲皱起了眉头，坚持道："那下次我给你买几包驱虫药，你回家的时候拿上。"

宋迎秋点点头，看了看窗外，说："妈，不早了。我送你去地铁站吧。"

母亲听懂了她的意思，跟着站了起来。

天已经完全黑了，宋迎秋和母亲并排走在连通小区后门的小路上，这么走是去地铁站最近的路。她在心里回忆着上一次和母亲这样并排走夜路是什么时候的事，母亲像是感应到了她的想法一般，突然喃喃地说道："咱们俩多久没一起出门了？"

这是最奇怪的，明明和母亲的关系越来越淡漠，但有时候她还是会产生与母亲有某种联结的感觉。这是一种与生俱来的心有灵犀吗？不会随着年龄的增长，或是关系的疏远而消失。就像现在这样，她想到了什么，母亲就突然问起同样的事情。或是她心情沮丧的时候，母亲就像有了感应一样，来问她是不是最近心情不好。大概这就是所谓的血缘吧。

但是她和生父之间就没有这种神秘的"联结感"。哪怕是对方出车祸那天，她也没有任何特别的感觉。晚上就像平常一样写作业，之后接到电话才知道出了事。

宋迎秋的思绪正四处飘散，听见母亲突然问了一句："你没什么事情瞒着我吧？"

"嗯？"被猛地从回忆中扯回来，原本就有些心虚的她，不禁不知所措了起来。

"你从小就这样，什么事情都不跟我说。"

"我能有什么事呢……"她强装笑脸回道。

"我能感觉出来，你肯定心里有事儿。"

宋迎秋的心里紧了一下。又是那种联结吗？

走到地铁站，她把果篮和装了点心的袋子往母亲手里一塞，调头就走。

母亲到底想到了什么呢？

会不会是对自己的计划有所察觉？应该不会。到目前为止，自己所做的一切都不会牵扯到母亲。而且刚才特意把印有马雪莹照片的宣传单给母亲看，母亲也没有任何反应，这也能说明母亲对她打算做的事情并无察觉。

那么，大概就是直觉吧。

母亲一直是靠直觉来进行判断的。小时候就是，一旦母亲的心里有了判断，就不会再向她进行确认了。

宋迎秋突然想起小学时的一次春游。

班里组织大家一起去东阳市的公园春游，每个人要交十元钱的活动费，包含公园门票和午餐。她刚开口，母亲就拒绝了。

"十块？春游嘛，不就是去玩的。别去了，在家学习吧。我手里没钱。"正切菜的母亲手上没停，头也不回地说道。

宋迎秋抿了抿嘴。她知道家里条件不好，平时都不参加班级组织的需要付钱的活动。但是这一次去的那个公园刚刚引入了一些游乐设施，她听去过的同学说有过山车、海盗船等好玩的项目。虽然要玩那些项目还要单独花钱，但对她来说，哪怕只是进去看一眼这些以往只在电视里见过的东西，也会像做梦一样快乐。

第二天班主任收钱时，她又像以往那样小声地说了一句"家里有事去不了"。老师看了她一眼，就去收下一个同学的钱了。原本这样的一天会像她生命中许多普通的一天一样，带着淡淡的失落感结束。然而，放学回家的路上，她捡到了一张十元的纸币。她带着钱去旁边的小卖部问了问，小卖部的老板说没听说有人丢钱。她又拿着钱在原地等了一会儿，天都快黑了也没等到任何人。最后，她将这十元钱装进了自己的书包里。

春游那天，她带着这十块钱去了。老师疑惑地问她钱是从哪里来的。

"家里给的。"

她随口撒了个谎。也许是觉得说出是在马路上捡的更加丢人吧。

老师没说什么，让她上了大巴。一路上，同学们都以奇怪的眼神盯着她，就好像她不该出现在这次的春游队伍中。

到了公园，她发现并没有想象中那么好玩。同学们都拿着家长额外给的零花钱，要么去玩过山车、小火车、旋转木马，要么就是在小吃摊上买烤肠或者棉花糖吃。她产生了一种"我并不属于这里"的感觉。

她一个人坐在长椅上，眼巴巴地看着，甚至开始后悔。还不如用那十块钱买本书呢……

那天回到家以后她装作什么都没发生，正准备做习题，却撞上了母亲冰冷的视线。

"你从哪里弄的钱？"

一时间她都没反应过来。

母亲继续逼问道："到底哪里来的？你们班主任刚刚打电话过来了，问我给没给你钱。"

她瞬间明白了，老师看她的眼神，同学们看她的眼神，她都明白了。

"回家路上捡的。"她小声答道。

"你当我们是傻子吗？"母亲的脸色难看极了，一把将手里的搓衣板摔到了地上，放在地上的洗衣盆被打翻了，带着白色泡沫的水流到地上，漫延到她脚下。

"真的是我捡的……"恐惧感涌上来，包裹全身，那是一种极难用语言形容的感觉。她感到心脏绞痛，害怕自己马上就晕倒了。

母亲像发了疯一般，捡起搓衣板，突然打到了她的背上。

"你撒谎！"耳边传来尖叫声，与母亲平时透露出的安静、懦弱的气息完全不同。父亲在家时母亲甚至不会大声说话，只有母女二人独处时她才会偶尔表露出这样的情绪。就像被压抑久了，需要个出口来发泄一般。

搓衣板又打到了她的腿上，但奇怪的是疼痛感并不强烈。最初的疼痛过后，她只觉得皮肤发麻，随后肉体上的痛感被心理上的恐惧所取代，她感觉自己像是一条离开了水的鱼。

她站在母亲面前，努力不发出任何声音。

母亲依然盯着她，大声质问："你从哪儿偷的钱？"

宋迎秋终于大声哭了出来。她知道这件事又会变成上次班长冤枉她没交作业时那样，她永远也解释不清楚。

母亲没有理她，走进厨房开始切菜。咚咚，咚咚……那单调的声音仿佛把时间都拉长了。

她笨拙地蹲下身去收拾被打翻的洗衣盆，那天正好是生理期，触碰到凉水的手像失去了感觉一样。洗衣盆里的衣服滴着水，把她的衣服也弄湿了。

母亲一直没理她，就在厨房里忙活着。

不知过了多久，生父回来了，看着地上的一片狼籍，大声问道："怎么了？"

母亲马上从厨房出来，语气轻柔地说："老师打来电话，说她不知道从哪里弄到了十块钱，参加春游去公园玩了。你看看你钱包里有没有少钱。"

母亲又恢复到了平日的样子，仿佛刚才那个歇斯底里的灵魂突然从躯壳里消失了。她声音很轻，语气唯唯诺诺的。

"哦。"生父打开钱包看了看，"没少啊。那偷的不是我们家里的钱啊，无所谓嘛。"

说完生父就打开电视，继续拿起了酒瓶。

什么无所谓？尽管想象中的"训斥"没有上演，她却仿佛陷入了更加阴暗的深渊。

这时，小腹的疼痛感吸引了她的注意力，想要呕吐的感觉通过神经传来，她捂着嘴干呕了起来，却不敢发出任何声音。

那天之后，全世界的人似乎都认定她偷了钱。尽管父母、老师和同学没有任何一个人丢钱，但大家就是非常肯定地说她偷钱了。因为她不可能以其他方式获得十块钱。

当然，没人明着指责她偷了钱，只是所有人都对她指指点点，稍微靠近她就故意做出小心翼翼的样子。她也终于放弃了解释。自那之后，她不再参加任何学校组织的集体活动，连不需要交费的活动也不参加了。

一年后,生父死了。酒后驾车出了车祸,对方出于人道主义赔了一些钱,幸运的是生父在生意还算红火时买过一次人身意外险。母亲靠这些钱还掉了大部分外债。

生父死后,母亲对她的态度变得柔和了起来。也许是终于不用在那个男人面前唯唯诺诺了,也许是因为终于还清了债务,母亲的气色和情绪都比之前好一些,偶尔还会带她去公园散步,或者周末给她做一桌丰盛的饭菜。

因此,她也不责怪母亲。有的时候,明明是干净的东西,一旦放到肮脏的环境下,就会滋生出丑恶的细菌和病毒。

宋迎秋曾经无数次偷偷感谢撞死了生父的司机,如果不是对方的存在,也许自己现在已经变成一摊烂泥了吧。

说起来,生父是没有坟墓的。有一次,她看到随意丢在家中角落的骨灰盒,才突然意识到这件事。当时她还问过母亲这个骨灰盒要怎么处理。母亲随口应道:"一块墓地几万块呢,哪有钱买啊,他死了之后欠了一屁股债还是我们还的,死人不该花活人的钱。"

宋迎秋张了张嘴。生父去世时是她第一次对"死亡"有概念,母亲带她赶到医院,却只让她远远地望了一眼,她什么都没看清就被其他人推走了。而处理王治国的尸体时她第一次近距离地接触到了"死亡",由于过于兴奋,她甚至忘记戴手套了。原本她以为会是让人非常不快的体验,然而真正实施起来的时候却并没有想象中的那么难以接受。她没有任何情绪上的波动。

不知道这一点是不是遗传自那个酒鬼生父呢?那倒是要好好地感谢他。那家伙的骨灰盒后来去哪里了呢?搬家时就没看到那个盒子了,也许是被母亲丢进垃圾箱了……

12

马雪莹的不在场证明很快便得到了证实。

七月十日晚,马雪莹和"花语"的两位总监陪合作公司的两位领导在东阳市内的一家私房菜饭馆吃饭。是会议结束后一起开车去的,到达饭馆时已经是晚上八点了。一行人边聊天边吃饭,散场时已近晚上十一点。饭后马雪莹用打车 App 叫了一辆出租车回家,到家时是十一点四十五分左右。警方也调查了那辆出租车的行进路线,她中途没去过其他地方。

马雪莹当天没开自己的车,除了回家时使用了叫车 App 外,其他行程全都是用的公司里的车,并且有公司司机陪同。开会和饭局期间她都没有离开过众人的视线。

也就是说,马雪莹当天没有外出做案的时间。

警方发现王治国来东阳市是找马雪莹后,曾一度认为案情有了重要转机。而且当年宋远成收到的勒索信上的笔迹与王治国的笔迹一致,因此,很有可能是王治国绑架了宋远成的女儿宋小春,并且在拿到赎金后撕票。几年后,他对宋远成进行了第二次勒索,又或者是宋远成发现了真相和他对峙。最终王治国杀死了宋远成,并且将尸体埋在了当初处理宋小春尸体的地方。

那么,杀死王治国的又是谁呢?

王治国来东阳寻找马雪莹,索要五十万,他很有可能握着马雪莹的把柄，想以此进行敲诈。然后可能在某种情况下被马雪莹杀死了。

然而，马雪莹拥有铁壁般牢固的不在场证明。警方的调查又陷入了迷雾之中。

至于为什么王治国的尸体被丢弃到了宋远成和宋小春的尸体之上，也是一个未解之谜。

现在周宇面前有两条线索可以追查。第一是找到王治国的被害现场。因此，周宇安排警员调取并观看王治国租住的小区门口的摄像头拍到的监控画面，同时征得出租车公司的配合，询问是否有司机载过王治国。

另一条线索是继续调查宋远成、宋小春失踪案。这两起旧案的真相也许与王治国被害有关。但宋小春和宋远成失踪案时隔太久，人证物证都极少。除非有新线索出现，否则破案难度较大。

专案会议上，周宇又被陈局长抓着耳提面命了一番进度问题。尽管目前调查已经有了一些进展，但对于上面来说，不管过程如何，重要的还是拿出结果。

周宇觉得有点郁闷，这案子不是没有线索，而是线头太杂。

从会议室回到办公室，他发现桌子上多了袋包子，自己的保温杯却不见了。

怪了。难道是把保温杯忘在会议室了？可刚才明明没带保温杯去开会啊。

他正纳闷呢，方纹拎着他的保温杯回来了，往桌上一放。

"我看你这个杯子里有点茶渍，拿去给你洗了一下。"

周宇拿起杯子看了看，发现杯子里满满的，但不是茶水。

"这什么啊？怎么感觉有点奇怪。"

上次方纹拿来一小包咖啡，说是一百多块钱一份，非要让他尝，结果他尝了一口，苦得直翻白眼，一问才知道是什么"猫屎咖啡"。后来他看方纹又把剩下的咖啡粉神神秘秘地收到了桌子上的收纳盒里，该不会是……

"豆浆啊，不至于吓成这样吧。"方纹看了他一眼，又晃了晃自己的杯子，"剩下的猫屎咖啡在我这儿呢。"

"豆浆啊……"周宇喝了一口，这才终于放下心，不是什么奇怪的东西。

"和包子一起买的，赶紧吃点吧。"方纹边说边擦起了桌子。她在队里没有办公桌，就把周宇桌子对面放杂物的地方收拾出来了一小块放电脑。

她一边擦一边意味深长地偷瞟了周宇一眼。

"该不会是……挨批了吧？"

"你怎么知道的？"周宇好奇地看着方纹。

"猜的。"方纹擦完了桌子，开始归置东西，"我跟你说，我猜得可准了。"

"你这是纯瞎猜？"

"那你说我猜对了没有？"

周宇本来心情挺郁闷的，这么一说倒把他逗乐了。

"我们办案，讲究的是证据，你以为是看美剧呢，观察几个面部微表情就推理上了。"

"那我说得对不对嘛。"方纹眨了眨眼。

"对，但也不是全对。首先，我没挨批啊。其次，复杂的案件，进度出现停顿也是正常现象。都是很正常的。"

"哦，那就是猜对了。"

周宇笑了出来。"看不出来你还挺有本事，你这是天生的？"

"当然不是。"方纹骄傲地扬了扬头，"从小我家就经常来各种人,我看得多了,我爸有时候也会给我和我弟讲怎么看人,算是跟我爸学的吧。"

方纹每次提起家里人,都带着比较复杂的情绪,有时骄傲,有时又似乎有些无奈。

"那你爸是想培养你做生意吧,怎么跑来当警察了?"

"因为……"方纹低下了头,"我高中的时候,我爸跟我说,以后家里的公司是要交给我弟的。所以我高考填报志愿的时候就赌气报了一个我爸最不想让我学的专业。"

周宇有些理解方纹情绪中的无奈是怎么回事了。

"行了行了,该干活了。"他不知道该怎么劝慰,只能强行换了话题。

"干活干活。现在怎么办?接下来查什么?"方纹把自己的椅子拖到周宇旁边,一听是和案子有关的事,她刚才的郁闷情绪就瞬间消散了。

"我想去查一下王治国的银行账户。如果说他确实是当年绑架宋小春的人,那么那五万现金他会怎么处理呢?如果能查到银行记录,也许能证实点什么。不过现在的问题是,时间隔得太久了,银行那边不一定能处理……"

"哦……"方纹想了想,"哪个银行啊?"

周宇翻了翻本子上的记录,答道:"王治国生前只在东安银行开过户。"

"东安银行啊,那好办。"方纹轻快地眨了眨眼,然后掏出了手机。

周宇还在纳闷呢,方纹的电话已经接通了。

"喂,王叔叔,我是纹纹……我爸最近挺好的,我啊,我在刑警队实习呢……对,就是有个事想麻烦您,我们最近在调查……"

过了一会儿,方纹挂了电话。

"我找了银行的副行长叔叔,他说尽量今天下午给我们结果,最晚明天。"

周宇还想说点什么的时候他的电话响了。

是宋迎秋打来的。

宋迎秋就职的公司在东阳市东区的一家创意园内。创意园里没有高耸的写字楼,而是各种建筑风格充满艺术感的独立小楼。园区里入驻的大部分是文化创意行业的公司,四处装饰着普通人无法理解,但又让人产生"肃然起敬"之感的造型古怪的雕塑。

这一天天气依旧炎热,园区里的知了像是不知疲倦般地鸣叫着,更是让人莫名焦躁。一从开着冷气的车子里出来,令人窒息的热气就透过皮肤渗进身体。

令周宇难以理解的是,园区里有的人似乎并不觉得热。尽管这一天是工作日,却还是有不少年轻女生在摆造型拍照,她们化着浓妆,穿着繁复的衣裙,摆出各种各样的姿势。

宋迎秋指定的地点,是园区内的一家书店兼咖啡馆。她说可以利用午休时间出来和他们见面。

周宇和方纹到的时候宋迎秋已经在店里了。她穿着一件深色的衬衫和黑色长裤,旁边放着一个帆布包,没有化妆。她的样子很普通,就是那种大学校园里随处可见的朴素女生,不会让人特别记在心里。

但是周宇马上产生了一种"熟悉感",这个年轻女孩身上有与李婉相似的地方。并不是相貌上的相似,而是感觉上。都有一种或许是出于害怕而与周围环境的"疏离感"。

咖啡馆里人不算多,有一半的空座。有很多独自坐着的人,要么玩着手机,要么面前摆着个笔记本电脑在敲敲打打。

只有宋迎秋不同,她手里拿着一本书,正专心地看着。

直到周宇和方纹走到她面前,她才从书本上抬起头。

三人彼此点头致意,两位警察坐下了。方纹有点感兴趣地问:"你在看什么书?"

宋迎秋合上书,推到方纹面前。

是一本从封面设计就能猜出书中内容的通俗小说。方纹也知道这本书,她在一些读书推荐号上见过这本书的名字。

"我从书架上随便拿的。这书还挺好看的。"宋迎秋像是看出了她的想法一样,冷冷地说道。

方纹看向一边,才发现桌子边的书架上的确放着一些书,应该是供来这里喝咖啡的人翻看的。从书本的新旧程度可以看出,被翻得最多的是成功学和经管类图书。另外还有几本名字很熟的小说,看起来很新,恐怕一直无人问津。

"你喜欢看这类小说?"

"倒不是,我什么书都看。看小说只是我偶尔放松大脑的方式。看太严肃的东西,脑袋就更累了,所以我喜欢看看娱乐小说,来放松心情。"宋迎秋很自然地解释了起来。

周宇对小说没什么兴趣,他甚至很少看书。这时他突然发现宋迎秋面前的咖啡杯里正冒着热气。

"宋小姐,这么热的天,你喝热的啊?"

宋迎秋下意识地摸了一下咖啡杯。

"嗯,我挺怕冷的,再说这里的空调开得太低了。"

周宇若有所思地点了点头。

宋迎秋喝了一口咖啡，摆出一副"开始谈正事吧"的样子，说道："二位警官要是不点咖啡的话，咱们就开始吧。我午休时间有限。"

方纹说了一声"那我去买吧"，就利落地起身了。周宇则看着宋迎秋，道："你在电话里说突然想起了一些宋远成失踪时的事情？"

宋迎秋舔了舔嘴唇，开口道："是的。其实……案发时我就有一点怀疑，但是因为那时还小，很多事情都不懂，所以没有特别在意。这么多年过去了，我也一直没忘记，最近父亲的遗体被发现，我就又好好地回忆了一番，越想越觉得不对。"

"你说的父亲，指的是养父宋远成，没错吧？"周宇插嘴确认道。

"是的。"

"嗯，说说你怀疑的是什么？案发当天你在学校，对吧？"

宋迎秋重重地点了点头，沉默了一瞬，像是在整理语言。

"是的。案发当天的事情我确实不太清楚……但是在案发前后，有一些不对劲的地方。"

"具体是什么事？"

"是……关于我妈。"

方纹恰好回来，惊讶地坐下后，把咖啡递给周宇。

来的路上方纹还提了一句"我觉得她可能会提到李婉"，没想到真被她给猜中了。

"你母亲？"方纹追问。

"是的。案发前，有天晚上我听到他们俩在吵架……不过具体吵的什么我没听清。当时我已经睡着了，半夜迷迷糊糊地被吵醒，就听到他们在隔壁吵架。虽然两人都刻意压低了声音，但还是能听到。我妈一直说'不行，我不同意'一类的话，就是吵架的语气。不过其他的我听不太清楚。"

"不行……不同意……"方纹下意识地重复了一遍。

"对……但是这件事具体发生在哪一天我也想不起来了。"

"大概是宋远成失踪前多久呢？"

"嗯……大概一个月吧……怎么说呢，我也不确定这事和我爸的失踪是否有关系，也可能当时他们是在商量别的事情。所以我就一直没说出来。对不起。"说着宋迎秋深深地低下了头。

周宇喝了一口咖啡，微微皱眉，追问道："关于你父母吵架这事，你有什么猜想吗？你觉得他们为什么吵架？"

"我……我想过。当时我爸看中了一套经济适用房，打算拿出全部的存款购买。那些钱都是他摆煎饼摊儿赚的辛苦钱，我妈对于一下子全拿出来买房这件事有点异议……"

"买房是什么时候的事？"

"我爸失踪前几个月。这事是他一个人做主的，过户都办好了之后才跟我妈说，当时我妈一听就生气了。"

"也就是说，他们就此事吵过好几次？"

宋迎秋摇了摇头。

"也不是。我爸脾气很好，我没见他们吵过架。他说买了房子的时候，我妈也只是抱怨了几句，并没有吵起来。所以我才觉得那天晚上他们的对话有点不对劲，但也说不好，也许是因为房子，也许是因为其他事情吵的。啊……这也是我觉得有点怪的地方，以往，我爸不管做什么事，哪怕只是买个几十块钱的东西，也会和我妈商量的。买房子这个事挺大的，他却完全自己做主买了下来。"

"原来如此。"

周宇点了点头,他想了想,又问道:"还有其他想跟我们说的吗?"

宋迎秋像是等着这句话一般,坚定地点了点头。

"还有。我爸失踪的前一天,那天是周日,我一般是吃完晚饭再坐公交车去学校的。我家习惯每天晚上看新闻联播,新闻播完再转到其他台看电视剧。平时我妈都会新闻一播完就马上换到电视剧频道,奇怪的是,那天晚上,新闻播完了她也一直没有换台,直到我快出门了她才换了台,电视剧都播了一半了。

"我觉得很奇怪,当时还问了她要不要看电视剧,可她好像在想别的事,心不在焉的,也没理我。而且那天晚上她没送我去车站,每周周日回学校她都送我到公交车站的,因为会带一些东西。但那天是我爸送的我,我走的时候我妈还是一脸心事重重的样子。后来我回想了很多次,很确定就是我爸失踪前一天的事。这其中会不会有什么关系呢?"

周宇看着宋迎秋,从她的眼神中看出了焦虑和担心。

"我明白了。那你父亲那天有没有什么反常的地方?"

宋迎秋摇了摇头。"我印象中没有。"

"我不礼貌地问一句,你母亲和父亲都是再婚,婚后有什么矛盾吗?"

宋迎秋又摇了摇头。"不,他俩关系挺好的,说不上十分恩爱,但也没有矛盾。我刚才也说了,我爸脾气特别好,就算我妈因为什么事情不高兴了,他也不会和她吵。不过,我爸失踪后,我一直觉得也许他还会回来,但我妈好像认为我爸他永远都不会回来了。"

这是之前没听说过的信息,周宇赶忙追问:"你是怎么看出你母亲觉得宋远成不会再回来了的？"

"那是我爸失踪大概一个礼拜之后吧，有一天他的一个朋友打电话来，说要来还书。也不是什么要紧的书，好像是几本象棋书，我爸平时喜欢下象棋。那个朋友好像还不知道我爸失踪了，就和我妈说，哪天家里有人，把书送回来。结果我妈说，不用送回来了，让他自己留着。

"当时我只是隐隐觉得有些奇怪，但并没想明白。后来我长大了一些才想到，为什么我妈会那么说呢……对方只是问什么时候家里有人，要把东西还回来，她却直接说不用了。会不会是因为她其实知道父亲不会回来了，家里也没有其他人下棋，她才会说这书不用还了呢？"

"说到你父亲的朋友，你知不知道这两个人？他们是你父亲或母亲的朋友吗？"周宇拿出马雪莹和王治国的照片放在桌上。

宋迎秋凑过去看了看，马上回答道："不认识。"

意料之内的回答，此前也给李婉看过这两张照片，李婉也说不认识。

周宇收回照片，继续问道："那你去过东安镇吗？"

"东安？去过。我大学时学的是影视编导，和同学一起去东安镇拍过作业。"

"拍作业？"

"嗯，小纪录片。当时我们小组里有人老家在东安镇，就选择了去那儿拍作业。"

"那份作业还留着吗？"

宋迎秋有些惊讶，说道："当时刻了一张盘交给老师了，我们每个人自己还留了一张，不过现在应该找不到了。"

周宇沉默了一会儿，又开口道："说回之前的话题，你是什么时候意识到母亲认定父亲回不来了这一点的？"

"也是上大学的时候吧，但我一直没问过她。"

宋迎秋低下头，用手抚弄着咖啡杯上的花纹。周宇感觉到，这个年轻女孩似乎心思很重。

这时方纹轻快的声音突然响起。"你父亲是在你上初中时失踪的，到你上大学，过去四五年了，怎么那时候突然想起这些来了啊？"

"怎么突然想起来的……"宋迎秋皱起眉，看了看方纹，说道，"我大学时常去图书馆借书，看了一些侦探小说，书里有类似的剧情，这才让我想起了这件事。"

"你喜欢看侦探小说？"

宋迎秋歪了歪头，说："也不是特别喜欢，刚才我也说了，日常休闲的时候我喜欢看看小说放松。大学的时候是比较无聊，正好看到图书馆里有，就借来偶尔看看的。"

方纹又开开心心地接话道："我可喜欢侦探小说了，你说说你都看了些什么，看看我看过没。"

宋迎秋笑了笑，说出几个周宇也听说过的国外畅销小说的名字，然后喝了一口咖啡，说道："我也不知道是不是我想多了，但最近脑子里都是这些事，翻来覆去的，最终还是觉得应该跟警察说说，就问我妈要了你们的电话。"

方纹似乎还意犹未尽地想再聊聊侦探小说，但周宇率先点点头，安抚般地说道："没关系，之后想到什么也要随时联系我们啊。"

接着宋迎秋表示午休时间要结束了，就先告辞回去上班了。

周宇认为，宋迎秋说的几件事都值得关注，但又不能作为明确的证据。和李婉聊过之后他就认为李婉在隐瞒什么，她到底隐瞒了什么呢……

从咖啡馆里出来时已经快下午两点了，午饭还没吃，倒是灌了一肚子咖啡，周宇感觉有点饿了。以他的习惯，就直接回局里点个外卖或者吃泡面对付一下，但是现在带着个实习生一起，又觉得不太好。

"怎么说？回去叫外卖？"方纹问道，显然已经对他的习惯有了一定的了解。

"那要不在外面吃吧，我请客。"周宇有点不好意思了。

"行啊，吃什么？"

"你想吃什么？"

这好像把方纹问住了，她想了好一会儿都没吱声。

"不会吧，连想吃什么都不知道？你平时家里都做什么啊？"

"啊？我家里不做饭。"方纹露出有点尴尬的表情，"我爸天天在外面应酬，我妈在国外陪着我弟念书呢。"

周宇眨眨眼，掏出手机，打开大众点评，递给方纹让她自己选。其实他心里有点担心，前两天聊天方纹还提起周末去了一家人均七百块的餐馆吃饭。

方纹翻了半天，默默把手机递回给周宇，随手指着不远处说："要不就那儿吧。"

周宇顺着她指的方向看去，是一家五星级酒店，他正琢磨着偷偷打开App看看人均，结果方纹白了他一眼，说："就对面那家大盘鸡，这也要看多少钱？"

方纹随便一指的这家店，出乎意料地还不错。

菜都上来后，方纹拿起一次性筷子伸到脑袋后面，不知道怎么扭了几下，就把头发盘了起来，把周宇看得目瞪口呆。直到方纹敲了敲桌子，他才反应过来。

"怎么样，有什么想法？"周宇问道。

"啊，至少有一点我可以确定，宋迎秋撒谎了。"

"为什么？她说的都是一些自己的想法，没有明确的指控，有撒谎的必要吗？"

方纹摇了摇头。"她刚才说，意识到母亲可能早就知道宋远成不会回来这件事的契机，是因为大学时读的侦探小说。你还记得我们去李婉家时，在她的桌子上看到过几本书吧？李婉说那些是宋迎秋上中学时买的，那套书我看过，是很早以前出的一套侦探小说，现在早绝版了……应该是十几年前出的。"

"你的意思是，宋迎秋在上大学之前就看过侦探小说？"

"对，而且那几本书确实有被翻看过的迹象。我搞不懂她为什么要在这种地方撒谎。"

"有没有可能是她当时随便买来看了看，但是没往心里去，后来忘记了呢？"

方纹摇了摇头。

"我觉得不太可能。她桌子上的那几本书虽说都是知名侦探小说作家的作品，但也不是那种人尽皆知的名作，算是冷门佳作吧。不是对侦探小说有一定了解的人，应该不会随便买回家。也就是说，她很早以前就开始看侦探小说了，而且对此颇有研究。可我搞不懂，她为什么要在这种无关紧要的地方撒谎呢？"

周宇几乎不看小说，更别说侦探小说了，书里那些猎奇的案子让他觉得太胡扯了。令他意外的是，方纹竟然对侦探小说如此熟悉。

"所以你才一直问她侦探小说的问题啊……"

"是啊，你看她都随便糊弄过去了，更显得可疑。"方纹噘嘴说道。

周宇觉得她说得有些道理，也喃喃道："她为什么要在这种地方撒谎呢……"

"她撒这个谎，是为了解释自己是如何发现李婉的不对劲之处的。那么，或许她早就发现母亲不对劲了，但不想让我们知道。"

"你的意思是，她想要营造一种自然的状态，想让我们认为她之前一直没意识到，是直到上大学后才想起来的。嗯……以相反的逻辑来思考的话，就只有这一种可能。"

"没错，我想她可能很早就意识到李婉隐瞒了什么，却一直没有告诉任何人。"

"可如果是这样的话，现在说出来的意义又是什么呢？"

方纹撇了撇嘴，两人陷入了沉默。

宋远成，李婉，宋迎秋，这个重组的三口之家中似乎隐藏着重要的秘密。这个秘密一定与宋远成的失踪，甚至与宋小春被绑架有关，但这个秘密被深深地埋藏在洞穴的深处，每次周宇觉得拨开了一点迷雾，却又发现面对的是更深的黑暗。

很快，方纹托人去银行问的信息有了回复。

二十三年前，也就是一九九七年，宋小春失踪半个月后，王治国的账户里多了一笔五万元的存款，非银行转账，是现金存入。

这说明王治国极有可能就是绑架宋小春的凶手。他的笔迹与宋远成收到的勒索信相符，他存入银行的五万元现金也与勒索信中提到的五万元赎金对应。

可是，尚未找到他与宋远成的关联。

13

宋迎秋从咖啡馆出来后直接回了家,下午她向公司请了假。

咖啡馆的空调开得太大了。她从小就怕冷。小时候住的大杂院里只有公共洗手间,洗澡要去公共澡堂,所以她经常用冷水洗头洗脸,包括生理期。到了冬天,冰冷的水扎到手上,一时间几乎让她失去了知觉。从洗手间回来之后,她想要把手捂热再写作业,却发现不管怎么捂,手都依然是冰冷的。

回到家后,她打开水龙头,用温水洗了一下手,这才算是恢复了过来。

中午没怎么吃东西,外加和警察聊了一个多小时,让她有些疲惫。她随手从桌子上抓起一块糖,撕开包装,塞进了嘴里。酸酸甜甜的味道马上在口中漫溢。

这种柠檬糖是小时候流行过的零食,现在已经很难买到了,这是她特意在网上买的。虽然包装换了,但还算保留了小时候的味道。

宋迎秋不是特别喜欢酸甜口味的零食,只不过这种糖的味道与她过去的记忆有很强的关联。她还记得母亲第一次带她去见宋远成时候的事。

母亲拉着她,让她喊对方"爸爸",但她觉得别扭,一直不肯开口。宋远成看她尴尬,说了句"喊叔叔就行了",她才小声地叫了声"叔叔"。宋远成听后笑呵呵地从口袋里掏出了几颗柠檬糖给她,她受宠若惊地接了过来,因为之前生父从来没给她买过糖。

后来只要她考试拿到了不错的成绩,或者做了值得表扬的事,宋远成都会给她这种柠檬糖。因此,这种糖的味道总是与美妙的记忆联结在一起。

只有一次除外。

那是母亲刚刚再婚之后不久的事。以前的家长会都是母亲参加,但是那天母亲临时有事,就让宋远成去参加家长会。

当天宋迎秋早早就回到家里,摊开了作业本,却完全无心做题,她满脑子都在想老师会怎么说自己。

她的成绩不算差,也没怎么违反过纪律,但是大部分老师都不怎么喜欢她,特别是上次班主任认为她偷了钱之后。

老师会不会又说自己的坏话?

她在草稿纸上胡乱画着,甚至开始思考如果老师告状,自己该如何解释。

可是,快六点了,母亲都回家了,宋远成还没回来。家长会一般五点就结束了。

"人呢?"母亲问。

"还没回来。"

"你是不是在学校闯祸了?"母亲有些怀疑地看了她一眼。

"没有啊。"她小声地回应。

只要老师向家长告状,绝大部分家长都会相信老师的话。之前母亲去开家长会时就是这样,无论老师说些什么没头没脑的事,她都会照单全收,她觉得老师没理由冤枉孩子。就算老师的指责有误,也没什么大不了的,因为大部分家长认为小孩子就是需要不断接受教育,哪怕搞错了什么,也是为了让他们更好地成长。

母亲大概猜到宋远成是被老师留下单独沟通了,她叹了口气,走进厨房,从袋子里掏出一条鱼,扔在菜板上,一股鱼腥味马上充满房间。咚咚,咚咚……菜刀剁在菜板上的声音又响了起来。

宋迎秋几乎对这种声音有心理阴影了,本来就极度紧张,那声音更进一步刺激着她的神经,她甚至想捂着胸口尖叫。

就在她感觉自己快要紧张地昏过去时,门开了。宋远成面无表情地进了屋,放下东西后看了她一眼,然后招了招手。宋迎秋呆呆地站起身走了过去。

"老师怎么说?"母亲走出厨房。宋远成却示意宋迎秋跟他到走廊里。

宋迎秋一出门,宋远成就把门关上了,然后劈头就问:"你偷过钱,是真的吗?"

宋迎秋愣了一下,马上说:"不是,没有。"生怕有一秒钟的犹豫,对方就不相信她了。

"那是怎么回事?"

宋迎秋感觉宋远成的眼神十分吓人,但还是努力说道:"是我放学时在地上捡的。"虽然相处的时间不长,但宋远成对她很好,她很害怕因为老师的小报告,让宋远成对她产生不信任感。

"真的?"

"嗯。"

"在哪儿捡的?"

"回家路上,车站旁边的小卖部前面,就路上捡的。"

"你带我看看去。"

宋迎秋有点惊讶,她张了张嘴。母亲这时走了出来,小声问道:"出什么事儿了?"

"马上回来,等一会儿再吃饭。"宋远成摆摆手,拉着宋迎秋就走了。

宋迎秋带着宋远成走了五分钟,指了指马路边的一条沟,说:"就在那儿捡的。当时我捡完钱,还去问那边那个小卖部的人是不是他们丢的,他们说不是。我又在这儿等了一会儿,见没人回来找,我想大概是丢钱的人没发现,就走了。"

小卖部就在几步之外,宋远成让宋迎秋等着,独自走进去,几分钟后走了出来。

宋迎秋觉得宋远成出来时全身洋溢着快乐,又听他说:"我问过了,老板还记得你,因为从来没人捡到钱还去问他,他印象很深。但是以后这种事还是要先跟家长说,知道了吗?"

宋迎秋点了点头,刚想道歉,宋远成就塞给她两块柠檬糖。

"赶紧吃,别让你妈发现。"

她赶紧撕开包装,将糖塞到嘴里。不知道为什么,那颗糖原本的酸味全都消失了,只有甜甜的滋味。

那天晚饭后宋远成又向母亲说了这件事,听完母亲的脸上露出有些尴尬的表情,然后讪讪地说:"这样啊……但本来也该先和家长说的,再说了,小孩子多受点教育也没有坏处。"

原本宋迎秋以为事情就这样结束了,有这样的结果对她来说已颇为意外了。没想到第二天早自习时,宋迎秋被老师叫到了走廊的拐弯处。她发现宋远成也在。

"上次春游,你……捡钱的事,你父亲跟我说了。对不起,老师没有弄清楚怎么回事,以后老师会注意的。"

宋迎秋吃了一惊,她看着一脸尴尬的老师,又看看笑嘻嘻的宋远成，马上意识到是怎么回事了。虽然老师的声音不大，但这句话在她的心里产生了巨大的回响。

"行了，回去上课去吧。"

宋迎秋点点头，感觉眼角有一点湿，必须抬起头走路，不然她很怕会不争气地哭出来。那一瞬间，她突然产生了一种冲动，她想喊一声"爸爸"。然而这个再简单不过的词语一到嘴边就又变得极其复杂，无论如何都说不出口。

就这样，直到宋远成失踪那天，她也没有把这两个字说出口。

宋远成来到这个家后，母亲的心情好了很多，周末还会偶尔带着她去商业街买件新衣服。家里经常响起欢声笑语，在学校，老师和同学也都亲切了许多。

升上初中后她开始住校，父母每周会给她一点零花钱。同宿舍的女生喜欢买些零食饮料或者小饰品，宋迎秋也很喜欢这些东西，但还是尽量忍住欲望，把钱攒下来，去旧书市场买一些过期杂志。有明星杂志、体育杂志和时装杂志，倒不是对偶像明星感兴趣，她只是希望自己不要再像上小学时那样被孤立。

她记性很好，看过一遍就能记住大部分。上初中后，正如她所设想的那样，同学之间课间闲聊的内容不外乎杂志里刊登的那些。这一次，她很快就融入了大家，不管是男生还是女生，她都能轻易地融入话题。再加上她学习成绩不错，每次有小组作业或分组讨论时，总会有两三组人来邀请她加入。

买完杂志剩下的钱她就会去买一些小说来看，她最喜欢的就是侦探小说。

宋迎秋很喜欢看书，小学时她只能去书店站着蹭书来看。初中学校的图书馆里也有一些侦探小说，不过数量不多，而且大多被翻得十分破旧，因此她还是喜欢去书店看书。侦探小说都不长，一般一天就能看完一本。寒暑假她几乎每天都去书店站上半天。

可是，书店里能免费看的大多是一些畅销书，看几天就看完了，随着读的侦探小说越来越多，她开始对一些冷门小众的作品产生了兴趣。但这类书大都包着塑封，没有拆开供人试阅的，学校的图书馆里也没有。因此，她就用省下来的零花钱去买了一些这样的小说来看。

拜这些侦探小说所赐，现在她所想到的计划也的确借鉴了过去在小说中读到的几个诡计。当然，杀人的方法除外。

她曾经设想过很多种杀死王治国的方法，也试着想过参考侦探小说，但是书中的办法大多过于复杂，或者需要非常严格的条件。最后，她使用了一种最简单的方法。虽然简单，却行之有效。

一定要确保最关键的环节，这才是最重要的。

目前来看，每一步都和预想的差不多。

今天与警察的交流中有没有露出破绽呢？应该没有吧。因为她没有撒谎。警察出示王治国和马雪莹的照片给她看时，她是只看着马雪莹的照片说"不认识"这三个字的。

"认识"应该是指"互相认识"吧，她和马雪莹的确互不相识。在这一点上她并没有撒谎，因此，她相信自己没有露出破绽。

至于王治国，她当然不可能不认识。因为就在一周多前，她亲手杀死了王治国。

14

下午四点。肖磊坐在街上的一家咖啡厅里，面前摆着两杯咖啡。上次和秦思明约在恐怖密室里聊，结果最后不小心触发了什么机关，从墙上的灯笼里掉出了一个假人头，把两人吓得够呛。这一次，秦思明说什么也不去了。

最后还是选在了咖啡厅。

秦思明从外面风风火火地走进来，拿起咖啡就往嘴里灌了好几口。回来的时候他发现南郊厂区根本招不到出租车，怕母亲起疑他又不敢用软件叫车，最后只能灰溜溜地在原地等了半个多小时公交车，又倒了两趟车，下车之后步行了十五分钟才赶到这里，热出了一身汗。

"这天气也太热了，我坐的那辆公交车空调还坏了……"

他在沙发上坐下，好一会儿才缓过劲来。拿了张纸巾在脸旁扇了两下，喘着粗气说。

"你就是太娇贵了，出门老是打车，我们平时天天坐公交车，都习惯了啊。"肖磊打趣道，"怎么样，有什么收获？"

秦思明把下午的发现讲了一遍。他尽力避免带入太多主观情绪，只是客观描述是如何找到视频里的废弃房间，隐约觉得曾经在那个房间里待过，最后还找到了疑似出自自己笔下的涂鸦，以及回想起那时曾拼命寻找母亲，却发现母亲并不在身边的情景。

说完他把那几张废纸从背包里取出，摆在桌子上。

肖磊看了一会儿，苦着脸说："真看不出这画的是什么啊……"

"这几个角色，是我小时候最喜欢的一本绘本里面的。不过我也搞不清。说说你那边吧，那个跟踪我的黑衣人掉的门禁卡，有线索了吗？"

"有。"肖磊说着，竟然从包里掏出了一张一模一样的门禁卡，仔细一看，只有上面印的编号不同。

"我靠，怎么弄到的？"

"很简单。东阳市的高级写字楼不多，我查了查，发现只有金汇大厦的缩写是JH。然后我就直接去了那里，并且告诉门口的前台说我约了人。"肖磊耸了耸肩。

"这样就给你了？"

"对啊，我随便说了一个铭牌上的公司，编了一通，前台想都没想，就给我办了临时门禁卡。"

原来如此。秦思明深感佩服。

"等一下，你说金汇大厦……"他又突然想起了什么。

"耳熟？"

"我妈的公司就在那里啊。"

"啊？你妈在这栋写字楼工作？"

秦思明有些害怕，心里隐藏的恐惧正在一点一点地具象化。

"嗯……但我还是不知道我妈和这事之间有什么关系。"

肖磊似乎看出了他的心思，劝道："你也不用太担心，金汇大厦有三十多层，每一层都有几百个人办公。这么大一栋楼，咱们还不知道到底黑衣人是和那里的哪个人有关呢。况且，只是随便一个外来的人就能办理临时门禁卡，没准压根和这件事没任何关系。"

"也是。"秦思明点了点头,但他心里并不这么认为。打从一开始他就凭直觉认为这件事和母亲有关,而现在,几乎每一条线索又都指向母亲。

"那现在怎么办?"他姑且放下心里的疑惑,问道。

"我原本是想试着从金汇大厦这条线查下去的,但是听了你刚才的讲述,我发现了一件很有意思的事。"

"什么?"

肖磊翻了翻笔记本,对着刚才自己记下的内容笑了起来。

"还记得你说的那个出租车司机吗?"

"讲鬼故事吓得我不行的司机?"

"对,那个司机说的'闹鬼'事件,非常有意思。"

他只是将这段当成路上的逸闻讲了出来,没想到肖磊竟然会在意。

肖磊继续道:"我在想,这起闹鬼事件,会不会并不是司机瞎说的,而是真实发生过的呢?"

"真实发生过?可能吗?司机师傅自己都说是闹鬼。"秦思明没明白肖磊是什么意思。

"不,仔细想想,他所说的事也许和我们正在调查的事情有关。"

"啊?"秦思明吓得手抖了一下,咖啡洒到了桌子上,还溅了一点到肖磊的笔记本上,把白纸浸上了颜色,"什么意思啊?"

"我也知道这有点异想天开,但你还记得吗,你最开始收到的那份关于女童绑架案的剪报上,在女童绑架案旁边,还有一则关于南郊厂房拆迁的新闻。而司机提到的'闹鬼'事件,就发生在厂房拆迁的那段时间……"

"也就是说，女童绑架案与'闹鬼'事件很有可能是同时发生的？"

"没错。所以我很怀疑，这个司机的亲戚听到的孩子的哭声会不会与绑架案有关？再加上你还有曾在那间房子里待过的记忆，所以我觉得，似乎有必要详细了解一下这件事。"

"怎么了解？"

"当然是去找当事人了。"

秦思明非常庆幸打车时没忘了问司机要发票，很快两人就凭借小票单号，通过出租车公司联系到了那位讲鬼故事的司机。对方也没含糊，听说他们要调查当年的闹鬼事件，就热心地提供了亲戚的联系方式，并且表示亲戚对这件事一直耿耿于怀，如果他们能找出真相，亲戚肯定很高兴。

司机的亲戚姓王，以前在南郊的化纤厂看大门，后来国企改制下岗，他就去了一家国营商场当保安，现在已经退休了。一听说要来打听当年的事，答应得很痛快，两人决定第二天就去拜访。

王师傅还住在东阳市南的老城区。早年东阳市政府做新规划的时候，把不少居民迁到了东边，不过南边还留着不少"钉子户"。这些"钉子户"并非大家常说的那种"钉子户"，一来政府并没有强制他们搬家，二来也没有给他们提供安置点，一些不愿意或是没条件搬走的老人，就准备守在这里度过余生。

王师傅住在大杂院里。这些老房子都是本地人自己建的，既无美感，也无秩序，最多三层楼高，勉强能住人。小院里的晾衣绳上挂着几件破旧的衣服。

比起热热闹闹的东区，这里给人一种"死气沉沉"的感觉。从走进这条巷子到进入院子，秦思明和肖磊没看到一个人，只是听到从不知何处传来隐隐的评书声。秦思明听出那是一位已故的评书表演艺术家的作品,如今早就没什么人听了,这种不符合时代的声音也为这周围增添了时光倒流感。

没想到的是,评书声竟然越发清晰了起来。然后就看到一个穿着背心裤衩,看上去六七十岁的大爷出来了。只见他一手拿着把扇子,一手拎着一个像是音箱和收音机混合机的东西,评书就是从那儿传出来的。

"是你们给我打的电话?"大爷挥了挥手里的扇子问道。

"您是王师傅吗?"秦思明问。

"对,来来,快进屋坐。"王师傅说着将两个人让进了屋里。

走进王师傅家就像走进老电视剧的片场,桌子和柜子都是几十年前的款式。屋里干干净净,但东西特别多,怕是几十年住下来,好多东西舍不得扔。

"你们随便坐。"王师傅又挥了一下扇子。

秦思明和肖磊对视了一眼,分别坐在两把竹椅上。王师傅自己往床上一坐,把评书关掉,摇了摇头叹道:"唉,这年纪越大啊越是爱琢磨从前的事。现在电视上演的那些乱七八糟的,我都看不下去,没意思,就觉得这以前听的评书最有意思。我儿子给我在网上买了个评书机,想听的里面全都有。"

"是啊,现在电视上演的那些电视剧没啥好看的。"秦思明附和着,不过他确实不爱看电视,电视剧也就只看些英剧美剧,现在电视上在播什么他都不太清楚。

"我们家没装空调,只有电风扇,你们不热吧。"

说完王师傅就打开了一个看上去颇有些年头的风扇。

"没事,这样也挺凉快的。"肖磊抢着回答,"空调吹多了不好,还是电风扇舒服。"

"就是啊,现在的年轻人啊,不是我说……"王师傅乐呵呵地说道。

"王师傅……我们是来跟您打听那件事的。"

眼见着王师傅就要打开话匣子，秦思明赶紧切入正题。

"哦对，你们是想打听'闹鬼'那事吧？打听那个干吗啊？"

肖磊又抢先回答道："我们是做自媒体的，就是互联网记者。"

"互联网记者？这是要采访啊。太好了，我跟你们说，当年我跟别人说，他们都不信，非说是我记错了，要么就是做梦。可我是真看见了！"

"看见？我们只听说您听见了孩子的哭声，您还看见了？"

秦思明和肖磊对视了一眼。这次的收获可能会超出想象。

"看见鬼了啊！"

"什么？"

"这事我得从头说了。"王师傅把扇子往床上一放，从桌子上拿起了茶杯，"大概三十多年前吧，我在化纤厂上班，当时我负责看大门，登记访客。后来国企改革，这片厂区就被撤了，厂里一些没法转移的资产基本是能卖就卖、能处理的就处理。但是我们厂比较特殊，有毒物质比较多，得走专门的流程处理。所以当时很多厂都撤完了，我们厂的东西还留着一部分。领导就把我留在这儿，让我多看两个月大门，等都处理完了再跟着搬到新厂区去。就是这两个月发生的事。"

"您还记得具体时间吗？"

"具体时间啊……我想想，我记得我在传达室里听收音机，听见什么来着……哦，香港回归！我想起来了，那年香港回归，一九九七年！冬天！"

秦思明和肖磊再次对视了一眼，时间和女童绑架案的时间对上了,两件事都发生在一九九七年的冬天。

"然后呢?"秦思明着急地问道。

王师傅眼睛一眯,仿佛陷入了回忆之中。

"那时厂区不是人都撤完了吗,这么大一片工厂,一个人都没有,真有点瘆得慌。有一天晚上啊,我就听见不知道从哪儿传来一阵哭声。那哭声……不大也不小,听不出来是男还是女,挺像孩子的哭声……你说,要是附近有流浪汉或者小偷来偷东西倒还说得过去,大半夜的,哪儿来的孩子啊?"

"您出去看了吗?"

"我哪敢啊?不过那孩子哭了一会儿又没动静了。这大半夜的,周围一个人没有,再说我判断不是从我们厂子里发出来的,那就跟我没关系,我就没出门去看。当天晚上我一直开着灯,一晚上没睡觉。"

"不会是您听错了吧?或者,会不会是收音机里传出来的声音啊?"

"对,一开始我也是这么想的,因为第二天就没听见了。但是后来又发生了怪事。"

"什么怪事?"

"第二天我没听见哭声,但还是睡不安稳,不过那天没发生什么事,我也就没往心里去。但是隔了一天,我晚上起夜,偷懒没去厂区里的厕所,就随便在附近找了个杂草丛解决一下,没想到……撞上鬼了!"

"鬼?"

"对!唉,说出来都没人信,但我真的就……看见了!"

"具体是怎么回事?"

"那天晚上我喝了点酒,上完厕所回来的时候有点转向,迷迷糊糊走到了一片平房区。也不知道是居民区还是职工宿舍,反正看着像是住人的地方,但是里面的人早就搬走了。眼前有一间屋,大门敞开着,我想着反正没人,就想在门口坐下歇会儿,醒醒酒再回去。没想到突然听见有声音……"

"什么声音?"

"脚步声啊。给我吓坏了,我一开始以为是不是什么逃犯,大晚上的,我能不害怕嘛。"王师傅脸上的表情十分夸张,他似乎又回到了那一晚,场景历历在目。

"然后呢?"

"然后,我这一着急,唉,当时也是喝多了,不知道怎么想的,我就进了屋,躲到人家床底下去了。"王师傅有些不好意思地挠了挠头,"结果我刚躲到床下,就有个人走了进来。我在床底下只能看见他的脚,他在这屋子里转了一圈,翻了翻,像是想找什么东西……"

"找东西?"

"对,我能听见他翻东西的声音。不知道找没找到,反正过了一会儿他就走了!"

秦思明和肖磊听傻了,一时之间不知该说些什么,最终是肖磊打破了沉默,问道:"王师傅,你说的这个人,我们就先当他是个人吧,在找东西,那会不会是哪个厂子里的职工落了东西回来找?或者流浪汉想进来翻点吃的喝的?都有可能啊。"

"不是,你误会了,我没说这个人是我遇到的那个鬼啊。"

"那鬼在哪里?"秦思明激动地问道。

"哎呀,听我说完嘛小伙子,怎么一点耐心都没有!真是的!"王师傅抬手示意,让秦思明稍安勿躁,"这个人走了之后我又躲在床底下待了好一会儿才敢动弹。周围太黑了,我就把口袋里的手电拿出来想照个亮,结果——"

"怎么了?"

"发现墙上有血啊!"

秦思明一时间愣住了。

"我就在想,会不会是这里死过什么人,而我半夜听到的哭声是冤鬼在哭啊?!"王师傅表情极其夸张地说道。

秦思明和肖磊异口同声地问道:"然后呢?"

谁知王师傅瞬间变回正常的表情,又拿起扇子扇了扇,说:"没有然后了啊。我就心想啊,我早就遇见这个鬼了,只是我看不见他而已,但我听见他的声音了。我在那儿又看了一个多月的大门,没准儿啊,天天和他做伴呢。"

回到家后秦思明有些恍惚,他打开笔记本电脑,准备看点轻松的东西,但脑袋里全是王师傅讲的鬼故事,乱成一团,理不出个头绪。

他又想努力回忆一番儿时的经历,关于黑暗的床底,关于墙面上暗红色的印记,可想得脑袋都疼了,依旧拼不出一个完整的轮廓。

晚上母亲给他打了个电话,问他为什么考完试了还不回家,他随便找了些借口搪塞了过去。通话的过程中他数次想直接问母亲"这到底是怎么一回事",但话到嘴边又咽了回去。

第二天,他决定做一次大扫除,整理房间的同时整理整理心情。原本都是找小时工上门打扫的,自从发现自己被跟踪之后,他也不敢随便找人来家里了。秦思明从小娇生惯养,不怎么会做家务,好不容易把地拖了一遍,擦了擦桌面,就觉得不耐烦了。

没想到看似简单的家务活,做起来居然如此烦琐。

将房间打扫到勉强能看的程度之后,秦思明坐下休息了一会儿。好在体力劳动确实彻底让他放空了大脑,不再纠结那些烦心事了。

他打开电脑,准备玩会儿游戏放松一下。就在他刚打开游戏界面,准备匹配进入游戏时,电脑右下角的聊天软件跳出了一个提示信息。

是肖磊。

"怎么样,睡醒了?"

"早醒了,我都打扫完卫生了。你今天不上班吗?"

"午休啊。"

秦思明看了一眼时间,中午十二点,难怪觉得肚子有点饿了。

"有什么新想法吗?"秦思明打完这行字就起身去冰箱找东西充饥,却发现已经没有能吃的了。他回到桌边,看到肖磊发来:"想法倒是确实有一点,你随便听听。"

"行行行。你说。"

"根据目前已知的信息,有一个关键的时间点值得关注,也就是一九九七年的冬天。在这个时间点发生了三件事:第一件是女童绑架案,也是这一连串事件的起点,是你收到的第一份快递中提供的信息;第二件是我们昨天从王师傅口中得知的,南厂区'闹鬼事件';第三件是你自己去那边时想起的往事。我认为这三件事是同时发生的。"

这一点秦思明之前也想到了,但他想不明白的是……

"可是这三件事有什么关联呢?"

"首先,在我看来,第二件事和第三件事应该是同一件事。也就是说,当时王师傅听到的孩子的哭声,应该是你发出的。"

"什么？"

秦思明并非完全没考虑过这种可能性，但是看到屏幕上的这行字，一瞬间还是心里沉了一下。

"你听我分析分析。你记起自己曾经在那个房间待过，也确实曾因为找不到母亲而哭泣。虽然我们不知道是不是晚上，但地点和哭声是符合的。而王师傅说在床底下看到墙壁上有血迹，这也和你的记忆吻合。所以我推测，这个哭泣的孩子很有可能就是你。"

"可是……怎么会这样呢？"

"如果只看后两件事，似乎很难得出结论，但再结合第一件事，也就是女童绑架案，我就有了更多的想法……"

"什么意思？"

聊天软件上显示出"对方正在输入"的提示，但秦思明等了一会儿都没有反应。他也开始思考东阳市女童绑架案，收到第一份神秘快递后他就在寻找这起案子与自己的关系，到底是怎样一种关系呢？他能感觉到自己已经越来越接近真相了，似乎已近在眼前、呼之欲出，只是他没有勇气推开那扇揭示真相的大门。

这时，聊天软件上弹出了一段文字。

"抱歉，刚被领导叫去了……我是在想，有没有这样一种可能。如果有一个人，他使用了某种手法犯案，并且成功地逃脱了法律的制裁，那么，他会不会继续使用这种手法进行第二次作案呢？也就是说，我认为女童绑架案的绑匪不仅仅绑架了那个女童，很可能也绑架了你，只是出于某种原因，你被绑架这件事没有被曝光。"

秦思明呆住了，他盯着这段文字，手在键盘上按了一会儿，又全部删掉。最终他发出了一个简单的句子：

"可是我没有被绑架过啊！"

聊天软件上又出现了那行熟悉的"对方正在输入中"，看来肖磊有长篇大论要讲。秦思明看到这行字就紧张得不行，他努力控制情绪，好在这次对方很快就回了过来。

"你想想看啊。你回忆起自己确实曾经被关在破旧的厂房里，还被塞在床底下，这是为什么呢……这可不是日常生活中会出现的场景。手脚被绑着，嘴也被塞住，关在陌生的地方，母亲不在身边。如果把这些元素综合起来，也许可以得出一个有一些大胆的推论。那就是——你被绑架了。而你忘记了这一段经历。"

秦思明努力回想，但依旧没有唤醒相关的记忆。

"不行，我想不起发生过这种事。"

"那我们换个角度。你曾说家里没有一张你小时候的照片，你母亲解释说因为那时工作忙。但第一份快递中你收到了一张你母亲抱着一个孩子的照片。我们假设你母亲没有说谎，而且我认为她在这件事上说谎没有意义，那么是不是能推理出这样的结论：第一，那张照片中你母亲抱着的孩子并不是你；第二，你小时候没有和母亲生活在一起。那么，为什么会出现这两种情况呢？"

肖磊像是故意在吊秦思明的胃口一般，信息发到这里又停了。

秦思明等得着急，就发了一句："为什么呢？你快说啊。"

肖磊的信息弹出。

"你是不是也想到了。我认为或许有这样一种可能，照片上的孩子也是你母亲的孩子，但因为某种原因，这个孩子死了，或者不见了。总之，她失去了这个孩子。这件事导致她的精神出现了问题，她开始想将别人的孩子据为己有，因此，她开始绑架幼童。也许报纸上提到的那个被绑架的女童是她绑架的第一个孩子，但不知什么原因，那个孩子最终没能留下来。而你则是她绑架的第二个孩子……"

秦思明感到自己的手在发抖，他想大声训斥肖磊，怎么能如此血口喷人。但内心深处又感到胆怯，他意识到是怀疑让自己心生胆怯，他在害怕，害怕真相确实如肖磊所说。

这时软件上又弹出了一段消息。

"我们继续假设，如果说你母亲本来的那个孩子就叫秦思明，你被绑架之后改了名，就也不存在身份证明上的问题了。"

秦思明颤抖着打出一个问题："可是我的亲生父母呢？他们不会报警吗？"

回复马上就出现了。

"你要知道，这个城市每年发生多少起人口失踪案，最后破案了的又有多少？不说别的，那些被拐卖的孩子有多少能找回来的？"

秦思明无法思考，而肖磊的信息还在继续。

"还有，我再提醒你一件事，别忘了，跟踪你的黑衣人掉的那张门禁卡，正是来自你母亲公司所在的大楼。也就是说，跟踪你的人，很有可能和你母亲有关。"

诸多回忆瞬间涌入秦思明的大脑，他想起小时候有邻居嘀嘀咕咕地议论，说母亲是做传销的，不是好人。又记起假期自己在家时接到的电话，对方咆哮着说"还钱！骗子！"。他记起搬家时的慌乱，以及住进新家那天母亲无奈的笑脸。

他曾在网上搜过母亲公司的名字，发现有不少贴子在控诉这家公司"搞投资诈骗"。具体作法就是以某种名目找人投资"项目"，并承诺一定的回报。打的广告都是些听来就吓人的词语，然后一开始给投资人一些甜头，一段时间之后便以"项目破产"

为借口连本金都不再返还。

母亲从不在他面前谈论工作,甚至明言让他别多问。他一直很理解,上网搜索后更是小心地不去触碰这条线。因为他知道现在的优越生活都是母亲带来的,他认为自己没有理由在享受的同时又站在道德的制高点上对母亲进行批判。

但如今这起事件迫使秦思明直面这一切,他忽然在想,如果当天收到快递后一笑置之,会不会就不会有这些事了?快递,都怪那份神秘的快递。心里这么想着,手上已经敲出了字。

"你说跟踪我的人和我妈有关,这个跟踪我的人,就是给我寄快递的人对吧?他到底是谁呢?"

等了许久,对话框中才弹出一条新消息。

"你有没有发现,在我们想象出来的这个故事中,有一个人消失了。"

"是谁?"

"那个被绑架的女童,她去哪里了呢?"

草草结束与肖磊的对话后,秦思明一整天都在思考这件事。仔细想想,母亲经常不在家,周末大多也需要加班,实际上他和母亲一起在家中相处的时间并不久。特别是上了大学以后,他甚至周末也懒得回家。

母亲最近有什么反常的地方吗?

想着想着,秦思明突然心里一动,好像是有一件怪事。

秦思明努力地回忆着当时的情景,他记得那是个周末,自己早晨八点多起来,发现家里没人,手机里有一条母亲的消息,说是公司临时有事,去加班了,让他自己吃饭。消息是早晨六点多发送的，也就是说那时母亲已经出门了。

结果上午十点多，母亲的助理往家里的座机打了个电话，秦思明接起来，助理说联系不到母亲，问他知不知道去了哪儿。

母亲明明说是公司有事去加班，却连助理都找不到她在哪儿。当时秦思明没多想，现在想来不仅此事奇怪，当天母亲还有许多方面不对劲。

母亲晚上回来时身上带着奇怪的味道，有点呛，像是有什么东西烧过的味道。

他又记起晚上跟母亲说她助理打来电话找她的事，母亲马上解释说是因为有东西找不到，她就先去找了。当时他还追问是什么东西，母亲含含糊糊的，最后从包里拿出个东西扬了扬说"就是这个"，秦思明记得那是一张卡片。

母亲明显在回避着什么，或许这些事情与她过去的经历有关，那段他们母子默默约定不去过多谈论的过去。

秦思明决定去调查母亲的过去，他认为一切的答案也许就藏在那里。并且他决定继续叫肖磊帮忙，他认为肖磊能带给自己勇气。

15

东安镇与东阳市仅有两个小时车程,周宇起了个大早,开车接上方纹,准备去趟东安镇。

与案件相关的线索源源不断地浮出水面,按理来说,将这些线索组合起来,应该就能够拼出案件的全貌。然而就是少了一点关键的东西,导致怎么拼都无法窥见拼图上的图案。方纹说这个缺少的东西在侦探小说里被称为"Missing Link"(缺失的链条),也就是大量信息被摆在桌面上,却缺乏能将这些信息连起来的元素。

根据目前已知的信息,马雪莹应该与王治国命案有着重要的联系,但是她在王治国的死亡推定时间内有明确的不在场证明。

与此同时,王治国的笔迹与宋小春失踪案中,宋远成收到的勒索信笔迹一致。并且案发后,他确实去银行存入了与赎金金额相同的五万元现金。

王治国的父母很早就得病去世了,他老婆也死得早,他一个人过了二十多年。他还有个弟兄,早年外出打工,就定居外地了,彼此没什么联系。有一个表姐和他住得还算近,有时互相帮衬一下。

王治国住在一套改造过的平房里,据说是他父母留下的,结婚的时候翻修过一次。周宇和方纹一路打听,找到了这间已经颇为破旧的平房。

一个看上去五十多岁、穿一身粉色运动装的女人拿着串钥匙站在门口。

"哎呀，你们是警察同志吧？"

周宇问道："您是哪位？"

"我是王治国的表姐。"女人甩了甩手里的钥匙，"我听说治国出事了嘛。"一边说着一边打开了房门。

"你们这边楼盖得挺好啊。"周宇指了一下旁边的房子，附近都是三四层的小洋楼，只有王治国家，特立独行一般被几个小楼包围。

"哎呀，最近几年经济发展了嘛，赚了点钱能盖的就都盖了。我家前几年盖了个四层的新房，本来我也劝着治国盖，他说没必要，就他一个人住。这些街坊邻居有的借钱都盖了，就剩个他。"

周宇有点感慨，那些拼命挤到大城市打工的年轻人，过了半辈子可能还不如这些在小地方生活的人安逸。

表姐并没有察觉周宇的心思，一边唠叨着自己家的房子，一边领他们进了门。

王治国家有个小院，光秃秃的，也没种点花草瓜果啥的。角落里胡乱堆放着纸箱，还有一些看起来放置了很久的杂物。

屋里陈设简单，只有最基本的电器和家具，装修算不上老旧，但也算不上新。灶台上收拾得还算干净，冰箱里几乎没什么东西，看得出来主人平时不怎么开火做饭。桌子上摆着两个苹果，已经烂了。其余的倒是看不出屋子主人已许久未归。

表姐进屋之后直冲着衣柜走了过去，她熟门熟路地打开柜门，从底下的一个格子里翻出了几张存折。看周宇和方纹盯着自己，她有些不自在地笑了笑。

"治国以前跟我说过,他没啥亲人了,就嘱咐我帮他处理后事。"

"嗯,不好意思,屋里的东西你不能动,要等我们查完案子再说。"周宇一把拦住了她,顺势问道,"他是什么时候跟你说的这事?"

"哎哟,啥时候来着……"表姐不情不愿地关上衣柜门,靠着想了想,"好几年以前吧,那会儿他父母刚去世,他也没孩子,就跟我说了一嘴。"

"哦?那是怎么说的?"

"他老婆死了,但是老婆的父母还活着,他有时候也去照看一下。他说等他死了,房子可以卖了,给他买个坟头,剩下的钱一半归我,一半让我转交给他岳父母养老。"

原来如此,这遗产里是留了她一份,难怪她刚才被拦住时老大不乐意了。

方纹突然指着墙上挂的一张泛黄的婚纱照,问道:"这是他那个去世的妻子吗?"

"对,他们俩是小学同学,从小一起长大的,感情特别深。他老婆当时得的病说重不重,说轻也不轻,就是急需用钱做手术。当时手术需要好几万块钱,治国手上没钱……我记得一开始拖了段时间,后来大概是东拼西凑好不容易把钱弄到了,结果他老婆还是没挨住,去世了。我们后来没少给他介绍,有的他也试着处了,但都没处下去。他就一直单身着。"表姐摇了摇头,叹着气。

"他老婆得病大概是什么时候的事?"

"哟,我算算……那年我女儿刚好小学升初中,一九九七年的事。"

周宇和方纹对视了一眼,又是一九九七年。宋小春就是一九九七年被绑架的。

"你刚才说他后来筹到了钱,其实我们调查发现,那一年王治国去银行存了五万元,你知道他是哪儿来的这些钱吗?"

表姐想了想,又摇了摇头。

"可能就是给老婆治病筹来的钱?当时他也来问我们借过一次钱,我们家给凑出了一万,好像也不够,不知道最后凑得怎么样……"

"那从你们那儿借的这一万块钱还上了吗?"

"他老婆死了就还了。应该是还没来得及做手术就死了吧。"表姐没有什么情绪起伏地说道。显然她和王治国一家的感情也一般。

"除了你,他还跟其他人借钱了吗?"

"应该借了,但是没借到多少。他跟我提过这事。"

周宇突然心里动了一下。

"他和他老婆什么时候结的婚?"

"九二年。"

"结婚之后,到他老婆得病,中间有四年时间,他也没想着修修房子啊?"

"修房子……哎呀,对了!"表姐一拍大腿,"我想起来了。"

周宇和方纹投去询问的目光。

"他本来是要盖房子的,但那会儿说钱不够,然后呢……当时有个远房亲戚说能带我们投资赚钱,说投了之后,光收利息就能把本金翻倍。当时我是不相信啊,但好多人都信。一开始治国也没投,但是看跟着投的人确实拿到利息钱了,他还有另外几个亲戚就跟着一起投了。结果好像就前半年给了钱,后面拿钱越来越困难，本金也要不回来。我记得治国是拿盖房子的钱去投资了，但是后来这钱要没要回来，我就不知道了。"

"你知道当时他是跟着谁投的钱吗？"

"知道啊，老马家的闺女。后来老马家全家都跑了。"

周宇连忙问道："老马家有叫马雪莹的人吗？"

"就是她啊。后来追钱的找到老马家问她爸妈要，老两口就躲去儿子那儿了。"

王治国与马雪莹有关联，这件事再一次被印证，而且王治国有理由去找马雪莹要钱，这似乎也能构成马雪莹除掉王治国的动机。只是她的不在场证明还没破解。

周宇和方纹又问了几个问题，但没有特别重要的发现，之后王治国的表姐表示王治国生前和在超市旁边开饭馆的邻居关系不错，二人决定去问问。

王治国的小超市开在车站旁边，说是车站，也就是一个孤零零的站牌。贴着光秃秃的马路，路两边就是杂草和庄稼地。

小超市的门头上写着"百货超市"四个字，看着店面不大。表姐刚才将钥匙给了他们，然后说要回家给孩子做饭，让他们有什么事再打电话。

周宇打开铁门，走进店里。超市虽小，配置倒还算齐全，门口挑高的地方装了一个监控摄像头。柜台里面放了把椅子，柜台上贴着两张收款码。

店里卖的东西以饮料、烟酒和一些饼干、泡面、香肠之类保存时间比较久的食品为主。可能因为长时间没开门通风，屋里有一股发霉的味道。

周宇走到柜台里面，发现了一本类似中学生练习册的小本子，纸页已泛黄。翻开来，上面是进货、退货的记录，看起来没什么要紧的。

这时，伴随着一声"哟，你们是警察同志吧？"，走进来一个穿着围裙的女人。

周宇有点吃惊，他和方纹穿的是便服，不知道对方是怎么看出来的。

"我是隔壁开饭馆的。"女人自我介绍道，"我听说老王家出事了啊，那来的肯定是警察同志吧。"

"你跟王治国挺熟的吗？"这应该就是刚才王治国表姐提到的饭馆老板娘。

"还行吧。我们两家一起做生意几十年了，抬头不见低头见的。有时候饭点过了我们家这边没生意，我家老头子就来超市跟老王聊天。"

"那王治国走之前跟你们说过什么没？"

"没有啊，前一天还跟我们聊闲天呢，第二天我们见他的店一天没开，想着也许是病了。后来一直就没开门，我还让我家老头子去他家里看看，说是家里也没人。唉，没想到……"

老板娘将手放在围裙上搓了搓，她的手并不脏也不湿，这似乎只是她的习惯动作。

"老王过得挺苦，我们这边，但凡家里有点余钱的，都把房子翻新了。就他，一直住在老房子里，一个人怪可怜的。我们也劝过他好几次，他都说没必要，也没那个闲钱。他老婆死了以后他也没心思赚钱。前阵子他好像想通了，来问我们建个房子要多钱，还说想开个民宿，搞农家乐啥的，说得可像回事了。我回家还和老伴儿聊，这会不会是有相好的了，我们还替他高兴呢，这怎么突然就——"

周宇打断她，问道："他想开民宿？这是怎么回事？"

老板娘拍了一下围裙，说道："最近县政府在鼓励我们有多余房子的弄弄农家乐、民宿，大力发展旅游业。你知道吧？那边有个湖，湖边还有个山。政府打算把这块弄成个小景区，做个东阳市周边的一日游。现在东阳市经济起来了，我们这些周边乡镇也都要跟着发展啊。哦还有，他还说想把他岳父岳母也接过来一起住，说是老人年纪大了，这样有个照应。听那意思，是想盖个五层高的楼呢。"

"那他这超市怎么办？"

"好像是不想开了，现在都流行网上购物，我们这里快递也通了，他这儿生意不行了，所以可能想着干点别的吧。他来我家问建房子时问得很细，包括找的哪家施工队，水电怎么改，工期什么的都打听了一遍，还专门请我们家老头子吃了顿饭呢。"

"盖五层楼啊，要多少钱啊？"

"我们家就盖了个五层小楼，花了五十万。我们也这么跟他说的。"

"他有这么多钱吗？"

"唉我也觉得奇怪呢，我记得之前说起盖新房他就说没钱，也不知道怎么突然就拿得出五十万了，奇了怪了。"

老板娘离开后，方纹和周宇又在王治国的小超市里瞧了瞧。

"五十万……"方纹念叨着，"马雪莹说王治国找她就是想借五十万……"

"嗯，看来王治国很有自信，能从马雪莹那里要到这五十万。他凭什么这么笃定呢？"

"没错，听老板娘叙述的语气，他对拿到五十万是胸有成竹啊。为什么呢？他凭什么觉得自己能拿到这五十万呢？"

"他是对于马雪莹会给他五十万这件事深信不疑。也就是说，他手里一定有某样筹码，足以让马雪莹掏出这五十万来。"周宇肯定地说道。也许这个"筹码"，就是解开整个案件之谜的重要一环。

"那这要怎么查呢？"方纹问。

"或许咱们要再去会一会女强人。"

两人走出超市，将门锁好。刚才把车停在王治国家附近了，两人就准备往那边走，正巧迎面走来了一个男人。

男人看上去四十岁上下，穿一件深色的衬衫，留着平头，边走边往小超市这边张望。

"你找谁？"周宇问道。

"我……我找超市老板。"男人有些不自在地挠了挠头。

"你找他干什么？"周宇出示了一下证件。

"哎呀，警察？！那个啥，他上个月去我家看球，走的时候太晚了，就把我家的应急灯借走了。这几天我家里要用，就来找他拿嘛。"

"哦，你不知道吗？王治国已经去世了。"周宇淡淡地说道。

"啊？死了？怎么死的啊？"男人一脸震惊。

"还在调查。你俩平时经常一起看球吗？"

男人紧张地擦了擦额头，有些不知所措。"是啊，我们这儿爱看球的人不多，有的时候他就来我家看球，怎么了？"

"那他最近有没有什么反常的地方？或者他有没有向你提起什么？"

男人一脸困惑地摇了摇头，说："我不记得有什么反常。哎呀，我俩除了一起看球，平时也不常来往啊……"

周宇打量了一番男人,问道:"你住这附近吗?"

男人答道:"对啊,我认识老王的时候闺女刚出生,这一转眼,我闺女都上高中了。我俩一起看了二十多年球,你说说……"

"你们认识这么久了啊。"

"是啊,我俩是我女儿的满月宴上认识的,那会儿聊起来发现都爱看球。你说巧不巧,那天晚上我俩第一次见面,就喝了个通宵……哎哟,二〇〇五年啊……"

对方提到的年份触动了周宇的神经。

"二〇〇五年,二〇〇五年的什么时候啊?"周宇假装漫不经心地问道。

"什么时候?我算算啊。"男人掰着指头,"我女儿是十一月四号生的,满月宴就是十二月四日。"

周宇倒吸了一口气,他看了一眼方纹,方纹似乎也愣住了。

十二月四日,正是宋远成失踪的那一天。

也就是说,在宋远成失踪的这一天,王治国拥有明确的不在场证明。那勒索信上的笔迹又怎么解释呢?

16

几天后,秦思明坐上了去往东安镇的大巴车。

母亲的老家在东安镇。他之所以隐约记得这件事,是因为很小的时候母亲曾带一位同乡来家里坐过。那个阿姨来的时候拿着一袋水果,说是老家的特产,袋子上写着"东安苹果"的字样。

大巴车上人不多,每位乘客都能独享一个双人座。秦思明坐在靠窗的位置,背包放身边,饶有兴致地欣赏着窗外的景色。

母亲带他去过不少国内外的知名景点,对于出门旅游这件事秦思明并不陌生。但是他却从未来过这个离家只有两个小时车程的地方。这让他产生了一种古怪的兴奋感,当然,这种兴奋的源头是不安与好奇。

他没有告诉母亲今天要来东安镇,如果母亲知道了肯定会阻止,并且很有可能导致他永远无法得知整件事的真相。

事前他找肖磊聊了聊,两人约定由他调查母亲的往事,肖磊则去调查那起绑架案的相关信息,看看是否能找到那名失踪女童的消息。

就在他胡思乱想之际,大巴到站了。下车后,他发现东安镇比他想的要热闹繁华一些,也许是因为东阳市的经济发展带动了周边地带。车站附近有一家商场,一眼望去广告牌上都是国产品牌。

不过没走多久他就意识到这并不是他所熟悉的城市环境。走出主干道之后，虽然还是平整的马路，两侧却由像模像样的楼房，渐渐变成了杂草地和村民的自建房。

来之前秦思明在网上查过住宿，不过没找到什么像样的酒店，翻了半天，只有一家名叫"友谊招待所"的地方可以住。他看着地图上的导航，沿着土路走了一会儿，终于看到了这家招待所。

招待所孤零零地立在路边，是一栋看上去颇有年代感的二层建筑，白色的墙砖早就泛了黄，周围长满杂草，入口的玻璃门上浮着一层灰。要不是门口的招牌上确实写着"友谊招待所"这几个字，秦思明甚至不敢相信这就是他要找的地方。

秦思明用两根手指推开玻璃门走了进去，招待所的前厅里摆着一张沙发，看着脏兮兮的。靠墙有一块纸板，上面用黑色记号笔写着"今日房价 80元 标间"。秦思明看向前台，那里坐着一个看上去四五十岁的大姐，桌子上摆了台款式老得不能再老的电脑，也不知道开没开机。

大姐正在玩手机，抬头看了他一眼，又马上低下头，说："我们不办宽带，也不弄充电宝。"

秦思明愣了一下，这才意识到对方是把自己当成来推销的了，大概这里平时接待的推销员要比客人还多吧。

"有空房间吗？我住宿。"他清了清嗓子说道。

大姐放下手机，看了他两眼，在桌子上扒拉了半天，翻出了一个本子。

"房间有得是，来登记一下。不过我先说好，热水只有晚上八点到十二点有，其他时间只有冷水。网络信号很差，不一定连得上。你能接受不？"

其他倒是无所谓，不能上网还真是有点不方便。不过秦思明懒得再找其他地方了，也只能接受。

他做好登记，大姐又把他的身份证拿来对了一下。秦思明疑惑地看了一眼电脑，大姐马上就明白他在想什么了。

"这电脑是从旧货市场收来的，太慢了，我要是用电脑给你登记，半个小时都不一定弄得完。先在本子上登好了，回头不忙了我再慢慢录到电脑里。"

说完大姐给了他把钥匙，自己继续玩起了手机。

秦思明上楼找到房间，放下东西，打量了一圈。屋里只有床和桌子，窗台上随手一抹就是一层灰，床单被褥都返潮。最糟糕的是洗手间，墙上到处是泛黄的水渍，马桶边缘带着可疑的污垢。秦思明摇了摇头，决定尽量少用洗手间。

此时是午后时分，阳光透过脏兮兮的窗户照进来，屋里气氛十分慵懒。秦思明觉得有点累，在床上稍微躺了一会儿，不知不觉就睡了一觉，等他再睁开眼睛的时候已经是傍晚了。

他准备出门转转。把门锁好后他特意在走廊里看了看周围的房间，发现一个住客也没有，安静得吓人。下楼时踩在楼梯上的脚步声在空荡荡的招待所里回响，听得他有些害怕。

楼下，前台大姐正抱着饭盒吃晚饭，面前摆着的手机里正播放综艺节目。

"大姐，不好意思，我想打听一下。"

"啥事啊？"大姐一脸不情愿地抬起头，点了下手机的暂停键。

"请问这镇上有没有一户姓马的？"

这是肖磊教他的方法。东安镇不大，可能大家互相都认识，可以直接找当地人打听打听。

"哟，姓马的多了啊，好几家呢。你要找谁啊？"

"您知道马雪莹吗？"

大姐拿着筷子的手顿了一下。"早走咯。"她面无表情地回答。

"我不找她本人，我想问问，她家里人还在这儿吗？"

大姐想了想，脸上的表情有点戒备，问道："你要干嘛？"

"不干嘛，我是记者，来做采访的。"第一次这么说的时候秦思明还有点不好意思，现在他已经完全进入"角色扮演模式"了，说起来熟门熟路。

"哟，该不会是要写她以前骗钱的事吧？"

秦思明的心里咯噔了一下。

"这个嘛，确实有点关系。你说的骗钱具体是怎么回事啊？"

"别提了。她当初在我们这儿过得好好的，突然就跟着一个做传销的跑了。说出去打工赚钱，给家里盖房子，隔了半年多回来，好像确实有钱了，给老家人买东西、送礼物。然后就跟大伙儿说跟着她能赚大钱，拉了好几个亲戚熟人去弄什么'投资'。结果我们这儿的老乡好多被她给骗了，投出去的钱没几个人要回来的。她也早就不知道搬去哪儿喽。"

虽然早就想到了这种可能性，但是真的听当事人说出来，秦思明难免感觉有些尴尬。

"她家里还有人在这儿吗？"

"都早就搬走了。你想，出了这么大的事，他家里人还有脸留在这儿吗？她爸妈搬去外地和儿子一起住了，说是帮儿子去看孩子，实际上大家都知道是怎么回事。她男人死得早。这边早没她家人了。"

"那有没有她的熟人啊，老同学一类的？"

大姐撇了撇嘴，上下打量了秦思明一番，又想了一会儿，才小声说道："哎呀，都那么老以前的事了，谁还记得啊。"

"您帮我想想，挺重要的。"秦思明说着，从包里摸索出了一张购物卡。那是前段时间母亲给他的，说是公司做活动剩下的。"大姐，你们这儿能网购吧，我这儿正好有张购物卡……"

前台大姐拿起购物卡看了看上面的面值，想了一会儿，最后不耐烦地摆了摆手。

"从招待所出去那条路，走三个路口，往左拐。然后顺着土路往山上走，走到山头上有个小屋，里面应该有个看山的女人，叫李玉翠，以前是马雪莹的同学，俩人关系还行。不过啊，她孩子前几年病死了，之后她就不怎么正常了。她说的话你听听得了。"

秦思明点了点头，道了谢。推门正出去的时候前台大姐又提醒了一句："小伙子早点回来，我们这儿晚上路上人少。"

按照前台大姐指点的路线走了半个小时，秦思明终于发现了一条山路。也不知道这是个什么山头，只能依稀看到山顶上有个小小的凉亭。这山上只有一条土路，秦思明深一脚浅一脚地往上走。天色渐渐暗了下来，他心里犯起了嘀咕，也许应该等明天白天再来的。他打开手机的手电筒功能，同时加快了脚步。

也不知道走了多久，总算走过了半山腰，他突然觉得有些不对劲，下意识地将手机向路边照了一下，发现路边有好几排石碑。起初他还有些好奇这是些什么，直到走近了看到石碑上的字，他才意识到竟然全都是墓碑！

不是陵园里那种统一规整的墓碑，看起来像是自己制作的，上面的字迹可能也是村民手写的。但不知为何，歪歪扭扭的字迹更显得阴森诡异。他感到头皮一阵发麻，不敢细看，继续迈步上山，并尽量将视线固定在前方的路上。

又走了一会儿，总算能看到前方有一个小屋，从小屋里隐隐透出一点光亮。

应该就是这里吧？秦思明快走了两步到小屋门前，犹豫了一下之后敲了敲门，但没有人回应。

就在他准备推开门的瞬间，从小屋中传出一阵响动，就像有人在低声念叨着什么。秦思明又贴近了一些，试图听清。传入耳中的像是某种咒语，夹杂着痛苦与怨气，甚至不像是人类发出的。他仔细辨别，却还是听不懂。忽然间声音停止了，秦思明确定搭在门上的手并没有用力，小屋的门却自己打开了，也许是因为刚巧吹过了一阵风吧。

秦思明局促地站在门口，首先映入眼帘的是一张桌子，上面立着两根没点着的蜡烛。视线微微向一侧移动，他看到了一个女人，坐在地上。女人面前摆着一个火盆，火盆里似乎有一堆烧过的纸，还能闻到呛鼻的味道。女人看向这边，面无表情，也没有说话。

"请问您是……李玉翠吗？"秦思明小声地问了一句。

"你是谁啊？"女人没起身，坐在原地，翻着眼睛看他。眼白处的几抹血丝显得有些可怕。

"我是记者。我想找您打听个人。"

女人低下了头，说："我谁都不认识。"

秦思明想起招待所的大姐说她精神有些不正常，看来不能用普通的方式沟通。秦思明想了想，也顾不上脏了，直接一屁股坐到女人旁边，指了一下地上的火盆。

"大婶，您在这儿干啥呢？"

"我儿子托梦给我了，说他晚上走夜路看不见路，找不到我，所以我晚上在这里等着他……"

女人说着，站起身将桌子上的两根蜡烛点亮。秦思明这才看清楚，桌子上还摆着一张黑白遗像，想必正是她那病死的儿子。

原本秦思明是不信鬼神一说的，但是此时他看着这张遗像，竟然觉得心里发慌。他努力压抑住内心想要逃跑的冲动，定了定神，打开背包，从包里掏出一袋面包，站起来拿给女人，说道："您看，您儿子赶夜路饿了怎么办，我这儿有点吃的……"

李玉翠一听，从他手里缓缓接过了面包，小心翼翼地揣在怀里，嘴里念叨着："对，别饿着，别饿着。"过了一会儿，她像是想起来了什么一样，盯着秦思明问："你刚才要问我什么来着？我儿子还没来，我可以跟你聊聊。"

秦思明心想，你儿子要是来了，我还真不一定想和你聊了。

"我想跟您打听个人……您认识马雪莹吗？"

"马雪莹……马雪莹……"李玉翠反复念叨了几次，"哦，我想起来了，我小学同学。以前跟我家住得挺近。可她早就搬走了。你打听她干嘛？"

"没事，我就想问问她以前的事。"

"以前的事？她都走了二十多年了。"李玉翠翻了翻眼睛，"我跟她也没那么熟，她当初骗了不少人的钱，没脸回来！"

"她一次都没回来过吗？"

李玉翠低着头想了想，说道："刚开始回来过。"

"哦？回来干嘛？"

"骗钱啊。骗了几个老乡的钱，后来就被人骂得不敢回来了。她啊，就是恶有恶报……"

"什么意思？报了什么？"秦思明追问道。

"啊？就报在她孩子身上了啊。她孩子生下来没多久就死了！我还看到她在前面那块坟地里哭来着！"

秦思明吓了一跳。这时李玉翠突然大声叹气，动作夸张地抬起头看着天花板,哭丧道:"可是我又是造了什么孽,要报在我的孩子身上啊……"

秦思明等她稍微稳定了一会儿,才又问道:"您刚才说马雪莹的孩子死了,就死在这里吗?"

李玉翠指了指窗户外面,说:"看见那棵大榕树了没有?大榕树下面,你找找,我亲眼看见她给孩子立的墓碑呢。"

秦思明顺着她指的方向看,窗外不远处确实有一棵大树,他也分不清那是什么树。他还想问些什么,李玉翠却神色诡异地又低下头,嘴里念叨着听不懂的内容。秦思明只好转头走出屋子。天色已经彻底暗了下来,他打开手机的手电,找到大树所在的方向,深一脚浅一脚地走去。

树下也有一排墓碑,大小高低都不一样,和刚才看到的那些墓碑类似。秦思明不敢仔细看,他感到一股阴气从脚底生出。原本还能听到一些虫鸣声,此时却仿佛一切都安静了下来,偶尔有低低的风声从耳边划过。

他发现自己已经出了一脑门的汗,却也顾不上什么了,直接用手抹了一把。然后借着手机的亮光,一个一个查看榕树附近的墓碑。

可能因为年代久远,有些墓碑上的字已经看不清了,必须小心仔细地辨认。每确认一块墓碑上的字迹,他心中的寒意就会加剧一分。石碑上扭曲的字就像是死者不散的阴魂,散发出某种阴森的气息。

秦思明努力稳定心神,看过几块墓碑之后,一块明显比其他墓碑要小一圈的石碑出现在了视线之中。一开始他甚至没注意到它的存在,因为被高高的杂草盖住了一部分,在黑夜中不太容易发现。

或许是直觉吧,秦思明突然想起了什么……是那张照片!

他收到的第一份快递中的那张照片。站在这块小小的墓碑前,他突然觉得此情此景极其眼熟。他打开手机相册,将自己拍的那张照片和眼前的景象进行对比。

就是这里。

不管是那棵树倾斜的角度,还是墓碑的排列方式,都与照片中一模一样。

如今位于照片正中的那块小小的墓碑就在自己面前。

秦思明轻轻拨开周围的杂草。墓碑上沾了一层尘土,只能依稀看出歪歪扭扭地刻着一些字,似乎是用刀子之类的刻下的。他顾不了太多,直接用衣袖擦了擦,上面的文字渐渐显露了出来。

秦思明拿起手机照过去,勉强辨认出了最上面的几个字:

马思明之墓……

17

宋迎秋觉得有些冷。虽然是夏天，但头天晚上她没关窗，或许是吹进的风带进了一些凉意，又可能是因为睡觉的时候不知不觉把被子蹬掉了。

她想要起身把被子扯回来盖好，但不知道为什么，身子像被定住了一般，怎么也抬不起手来。奇怪的是，有人走到了她的床边，帮她把被子好好地盖到了身上，还轻柔地掖了一下被角。

是谁？

宋迎秋有些疑惑，她记得睡前锁好了房门的，怎么会有人进来呢……更奇怪的是，这样轻柔的掖被角的方式是她非常熟悉的。她想看一看对方的脸，却怎么也睁不开眼睛。

她能隐约听到对方的呼吸声。再之后房间的门被打开，从厨房里传出异常熟悉的声音与味道。锅碗瓢盆碰撞的声音，淡淡的早饭的香气……

她知道，再过五分钟父亲就会来叫自己起床吃早饭了……不，不对，怎么会？

正当她疑惑着的时候，一阵手机铃声响起，她醒了。

她拿起手机，发现并不是自己的手机在响，似乎是合租室友的手机在响。接着她听到浴室里传来一阵水声，想必是对方洗澡时手机响了。

她有些心烦,试图闭上眼睛重新进入睡眠。她还记得刚才那个被打断的梦境,母亲在厨房做饭,父亲走进来帮她掖好被角,就像是十几年前平常的周末。如果没有发生"那件事",也许自己现在依然过着这样普通的生活。

她想回到梦中。哪怕只是再看一眼父亲也好,然而,那张记忆中的面孔却没有再出现。

无奈之下她起了床,等室友从洗手间出来之后,她进去洗漱了一番。回到房间,她从桌子上的一本书中抽出那张画满符号的白纸,将几个地方涂了涂,整个计划中最困难的部分已经完成得差不多了。确切地说,只剩"收网"了。

动手前的那半个月,她几乎夜不能寐,反复思考整个计划,寻找其中是否还有漏洞,试想如果出了意外该怎么办。不过,最关键的那一刻来临的时候,一切仿佛自然得不能再自然,就像有"上帝之手"在操纵着她的行为,就那样完成了。直到去确认王治国已经没有了呼吸,她才意识到自己已经完成了杀人。

原来如此。

原来夺取一个人的生命竟然是这种感觉。

吃完早饭,又稍微收拾了一下房间,宋迎秋看了一眼时间,已经快十一点了。她和母亲说好今天回家一趟,但如果现在回去,就要和母亲一起在家吃饭。一想到要和母亲上饭桌,她便头疼了起来。

要不然出门逛逛吧。为了那个"计划",她已经辛苦了太久,工作日白天上班,晚上和周末都在忙着实施"计划"。

她出了门,打算坐公交车去附近的商场随便逛逛,再在商业街吃个午饭。上了公交车坐下后，她发现一对母子正好坐在前方。孩子看上去七八岁，正冲母亲嚷嚷着要去游乐园玩过山车和海盗船，母亲应和着，露出了宠溺的表情。这时公交车到站了，那对母子下了车，宋迎秋的目的地不是这一站，但不知为什么她也跟着下了车。

车站不远处就是游乐园的入口。这家游乐园规模很小，设施也都比较老旧了。宋迎秋没来过，不知为什么，她居然鬼使神差地买了一张票，跟着那对母子走了进去。

票价不贵，只要二十元，不过里面的项目要额外买票。

自小学那次春游之后，宋迎秋就再也没去过游乐园。母亲的工作经常要在周末上班，父母也就很少周末带她出去玩。她突然记起父亲宋远成失踪前一周，母亲说起她下周末休假，父亲便提议全家一起去游乐园玩，那时母亲还露出了有些奇怪的神色。

现在回想起来，是不是那时母亲就已经知道了什么呢……最终游乐园的约定没能实现。今天自己突发奇想走进这里，想必也是因为内心还想着当初那个小小的约定。

然而遗憾的是，她转了半个小时，发现这里的项目都是给年纪比较小的孩子准备的，没有过山车。自己恐怕这辈子都没机会坐一次过山车了，宋迎秋心里生出一点小小的遗憾。她也不知道为什么，这个幼年时种下、这几年都淡忘了的愿望，今天怎么突然又强烈地萌生了出来。

她又想起小学的那次春游，如果那天自己没有捡到那十元钱的话，会不会之后的一切都不会发生呢……如果不是她被冤枉偷钱，也就不会有宋远成去帮她证实清白这件事，如果没有这件事，也许她就不会对宋远成产生那么强烈的感情了。这样的话，也许就没有这场复仇计划……

原来自己的人生，竟然是因为那十元钱而改变了吗？

不，不能这么说。自己的人生从出生的那一刻就注定了。既然继承了那样丑恶的基因，又怎么可能过上幸福的生活？

最终她决定去坐一次旋转木马，因为这是排队最短的项目。

旋转木马上大多是学龄前的小孩子，这让她显得有些格格不入。

但她玩得很开心。

从游乐园出来已经是下午一点多了。宋迎秋在附近找了一家快餐店吃了午饭，然后坐上公交车去了母亲家。她没有家里的钥匙，敲了敲门，母亲也不知道在干嘛，好一会儿才出来开门。

母亲穿着一件连衣裙，看上去像是刚从外面回来的样子。宋迎秋一走进门就看到桌子上摆着一束鲜花。母亲像是意识到了，有点不好意思地笑着，尴尬地说："中午朋友过来一起吃饭。"

"哦。"宋迎秋没兴趣多聊，低头在门口的鞋柜翻找拖鞋，看到里面多了一双男式拖鞋，她刻意移开了视线。

客厅里的电视机开着，正在播放粗制滥造的电视剧。

"你吃饭了吗？午饭还剩了一些。"

"不用，我吃过了。"

宋迎秋洗完手坐在沙发上，打开包，拿出两张陵园的宣传页放到桌上。

"这两家是我去看过一圈之后挑出来的，还可以，你看看选哪个吧。"

其实这两家她都没去过。同事给她推荐了三个陵园，其中一个她之前恰巧去过，直觉认为那里不合适，就排除了那一处。

母亲拿起来，漫不经心地翻看，不像是看进去了的样子。

"都行，你定吧。"说着就放下了宣传单。

"我看北区的这个还行，正好有一块依山靠水的在售，价格也还可以。"

"嗯，不便宜吧，回头我给你打点钱。"

母亲拿来一杯水放在桌上，在她身边坐下。

宋迎秋默不作声地喝了口水，她有点意外，原以为母亲会说不要花那么多钱买墓地呢。

"最近工作怎么样？"母亲闲聊般地问她，"好久没看你发朋友圈了。"

"跟以前一样，没什么变化。"

宋迎秋一毕业就在现在这家公司工作，她曾经试图向母亲解释具体的工作内容，却发现根本说不清楚，最后便说自己是写稿子的记者。

有的时候公司会要求员工把写的东西分享到朋友圈，每次母亲都会点赞。后来她觉得有点尴尬，就发了分组可见，把母亲屏蔽了。没想到母亲一直在意这件事。

"哦，你不发了以后，我就天天看你们的公众号。"母亲接着说道，"前一阵子是不是发了一个你们拿产品给路人体验的视频啊，我看你还出镜了……"

宋迎秋有些不耐烦，她懒得解释那个账号发的东西也不都是她做的，出镜也只是帮忙拍一下而已，但同时心里又觉得有些愧疚。也许平时应该多跟母亲聊聊天，而不是直接朋友圈屏蔽。于是她耐下性子，和母亲聊了聊工作上的事。也没什么要紧的，就是领导对她不错，给她安排了比较重要的工作，还有和同事一起出门聚餐这些。母亲边听边问了些细节。宋迎秋尽量耐心地解答,虽然她也知道这样并不能让母亲明白她的工作内容,她也绝不认为母亲能够帮助自己解决工作上的问题,权当安抚吧。

"挺好的,我觉得这份工作比你以前的工作稳定。"母亲所说的"以前的工作",是指她大学时兼职做的银行卡推销员。在马路边或者大学校园里劝路过的人办理银行卡,送小礼物。那都是好几年前的事了,母亲现在都没弄明白,那只是她大学时想赚零花钱去做的兼职。

现在回想起来,那份工作确实辛苦。由于她刻意挑选了离学校比较远的网点,因此每天都要坐一个半小时的公交车往返。暑假最热的时候她也要在路边推销银行卡,晚上再回到没有空调的宿舍过夜。不过她从来没有因为辛苦而抱怨过。

闲聊告一段落,舒适的沉默笼罩着母女二人。母亲看着电视,宋迎秋无聊地玩着手机。眼瞅着天色渐渐暗了,母亲站起身走进厨房,心情似乎很好地问道:"要不晚上在这儿吃吧,我买了点排骨。"

宋迎秋心里紧了一下。

"不用了,我晚上还有事。"

母亲失望地"哦"了一声。

宋迎秋有点后悔,她晚上确实有事,但也不是不能在家里吃了饭再走。像是为了挽救这尴尬的场面一般,她站起身也进了厨房。

"我帮你一起收拾菜吧。"

"要不你回来住?你的房间一直留着的。"母亲看都没看她,兀自说道。过了一会儿又补了一句:"这里离你上班的地方也挺近的吧。"

宋迎秋抿了抿嘴,抽出一块抹布随意擦着。厨房里不脏,母亲平时不怎么做重油烟的菜,而且肯定经常清扫。

"算了吧,最近我们公司可能要搬家,没准就搬到我住的地方附近了。"宋迎秋想了想回答道。

"哦……"

母亲去客厅的冰箱里拿了一袋豌豆,宋迎秋也跟着一起剥了起来。母亲的动作很慢,说出的话也慢吞吞的。

"你爸……我是说老宋,如果还活着,肯定也希望你回来住。"

宋迎秋没说话,手里剥豆子的速度稍微放慢了一点。

"也总不能一个人过一辈子吧。"

"我才多大,还没到说一辈子的年纪呢。再说也没合适的。"

"你是没认真找。"母亲认真地说。

"嗯,平时太忙了。"宋迎秋没说谎,只是母亲并不知道她在忙什么。

"年纪不小了,该找了。我回头让朋友帮你张罗张罗吧。"

"嗯,也行。"宋迎秋爽快地应道。

母亲手里的动作停了一下,似乎是没有想到她会这么回答。以往说起这个话题宋迎秋总是烦躁地说"暂时不用"。母亲歪着头,看着宋迎秋,像是试图在女儿的表情中寻找什么。宋迎秋不动声色地继续剥着豆子,仿佛手中的豆子是全世界最重要的东西。

剥完豆子,宋迎秋又坐回沙发玩手机。母亲突然说了一句:"对了,我前几天把你那个屋子收拾了一遍,翻出来点东西,你过去看看有没有要留下的,我想着不要的哪天都卖废品了。"

宋迎秋搞不明白母亲是何用意,不过还是应了一声,起身走进了卧室。

小小的卧室保持着记忆中的样子,虽然她也没在这里住多久。

墙上贴着几张海报,是她中学时用零用钱买的偶像杂志里送的。她走近书桌,看到小书架上还放着一些杂志和小说,便随手拿起来翻看。杂志上登的都是十几年前的热门偶像和影视信息,有一些剧她并没看过,却仍记得宣传图是什么样子。

时光似乎在这个小小的房间里停滞了。

父亲宋远成私自做主买下了这个房子,还没装修就带着她和母亲来看过一次。那时父母问她想把自己的房间布置成什么样。她已经忘记当时自己是怎么回答的,只记得大脑被兴奋的情绪充盈,满脑子想的都是一家人在这漂亮的楼房里开始新的生活。

她还记得从毛坯房里出来后,一家三口并排走着。轻风抚过脸颊,抬起头来,暖洋洋的阳光正好从泛黄的树叶中透下来,照到他们身上,在地上形成三个人长长的影子。

过去的事情她都不太记得了,但不知为何,唯独这一幕,一直留存在她的记忆中。

"有什么要留下的吗?"也许是见她半天没动静,母亲来到门口问道。

"我先翻翻的。"

宋迎秋继续翻着桌子上的杂物,突然在小书架下面发现了一枚小钥匙。她记得之前并没见过这枚钥匙。虽然在这里住过的日子很短暂,但她有时回来还是会在这个房间里稍微休息一下,印象中从没见过这枚钥匙。

宋迎秋将钥匙装进口袋,出了卧室。

她赶在饭点前回到了租住的地方。今天她感觉不太饿,于是在超市买了个面包和几块巧克力当晚饭。

她坐到桌前打开电脑,准备随便浏览一下网页。这时,那烦人的声音又透过墙壁传了过来。

宋迎秋不快地皱起眉头,拿起巧克力走了出去。

18

花语公司的厂区在东阳新兴工业园，也是前几年市政规划时新建的园区。政府将原先散落在各个区域的工厂统一迁至此处，并给予一定的扶持和税务优惠，希望借此吸引一些周边城市的工厂落户。从东安镇回到局里，周宇第一时间联系了马雪莹，表示要再次拜访，结果电话被转到助理陆羽那边。陆羽说她和马总每周四固定去工厂查看生产进度，因此，如果他们明天就想见马总，就得去厂区找她。

车子一驶进园区，方纹就感叹这地方真大，到处是厂房，反射着夏天毒辣的阳光。周宇给陆羽打了个电话，陆羽让他们在停车场稍等。

"光盖房子，也不种点树啊。"方纹抱怨道。

"种什么树啊，人家这是工厂区，那不就是干活的，你以为是逛公园呢？"周宇不是第一次来工业园，过去也曾因为工作的关系来过这里，因此颇有些熟门熟路的意思。

"我爸他们公司的厂区里就有树，不光有树，还有喷泉呢。"方纹说着掏出手机，点开了几张照片给周宇看。

周宇一看，好家伙，这哪是厂区啊，说是欧洲的花园他也信。不仅像方纹说的有喷泉和绿树，门口还立着一尊欧式众神的雕像，看起来贵气十足。

"你爸还挺有品位的啊。"周宇一时之间都不知该如何评价。

"什么啊，土死了。"方纹嫌弃地摇了摇头，"我们家里也是，非要弄这种欧式装修，要多土有多土，现在只有没品位的土豪才会搞这种风格。"

周宇笑呵呵地听着方纹嘀咕这些乱七八糟的东西，这时陆羽小跑着过来了，给他们塞了一张停车证。接着三人一起步行去厂区。

陆羽今天穿了一件黑色的长袖衬衫和灰色的A字裙，看着很显热。她抱歉地说："刚刚带客户参观完工厂，不好意思啊，让你们久等了。"

"你不热啊？"方纹没头没脑地指着她的长袖衬衫说道。她记得上次去"花语"，在办公室见到陆羽时她就穿一件长袖衬衫，不过办公室里冷气开得比较足，穿长袖还可以理解，但在如此炎热的户外，就显得有些奇怪。

"我怕冷。"陆羽笑眯眯地说道，"而且我们工厂和办公室的冷气都开得特别大，我可受不了。"

陆羽一边说着一边拍打了一下衬衫，扬起一些粉末，甚至扑楞到了周宇和方纹的身上。方纹用手蹭了蹭，举到眼前仔细看，发现那粉末居然是淡粉色的。她又看看陆羽，发现黑色的衬衫上也沾了一些。

"哦，应该是在工厂沾到的眼影。我们最近最畅销的系列，主打粉色系，去车间的时候难免都会沾到。"

"你们卖得最好的是粉色系？买大地色的人比较多吧。"方纹认真地问道，看上去好像对车间里的流水线很感兴趣。

周宇不懂这个，只能在旁边听。之前谈女朋友时也想送对化妆品，实在不知道买哪种合适，就直接走进商场让导购小姐推荐。不过最后买到的东西似乎并不合对方的心意。

陆羽笑了笑，说："我们的美妆产品主要针对三四线城市的学生。她们喜欢亮一点、鲜艳一点的颜色，其他色系的销量连粉色系的十分之一都不到。"

看得出来，陆羽对"花语"公司的业务非常了解，无论哪个方面都能说得头头是道。

"你对业务很了解啊。"周宇赞扬道。

"来我们公司待三个月，你懂得肯定比我多。"陆羽的表情没什么变化。也许是跟在马雪莹的身边久了，感觉她和马雪莹一样，脸上一直保持着模式化的笑容。

陆羽带周宇和方纹走进车间，隔着玻璃参观了一圈。车间内的工人正有序地忙碌着，所有流程都能从窗外看到，看起来干净、高效。

如果只看工厂车间，以及位于市中心的办公区，大部分人都会认为这是一个正当又成功的创新企业。

然而，"花语"可不是靠车间里生产的粉色眼影赚钱的，它只是"东信集团"手中的一张牌。良好的公司形象能引来更多的资金，有了资金就可以开发新项目。最近的"百岁水"就是这么做起来的。

周宇对"花语"和东信集团的小动作兴趣不大，他在意的是，王治国是否"投资"了马雪莹的项目。如果是的话，那笔钱最后流到了哪里？存入银行的五万块钱是他从马雪莹处索要回的投资款，还是绑架宋小春获得的赎金？

还有，一个月前王治国又来索要五十万，又是以什么名目呢？

参观完工厂，陆羽带周宇和方纹进了一个车间旁的玻璃房。

大概五十平米，放着一张长条型会议桌，旁边有一个开放式咖啡吧。陆羽先到咖啡吧那儿冲了两杯咖啡，递给周宇和方纹，自己则接了一杯纯净水。

"你们这儿弄得挺高级啊。"周宇打量着房间内的装修说道。

"有时候会带客户和投资人过来开会参观嘛。"陆羽笑了笑，把手里的一个袋子放到了旁边的椅子上。周宇好奇地看了一眼，发现里面似乎装着几件衣服。

陆羽意识到周宇的目光，解释道："参观完工厂马总要去和客户开个会，所以换了套衣服。你们稍等一会儿，我估计时间也差不多了。"

周宇马上意识到这也是所谓"形象工程"的一环，领来投资人，在看起来干净明亮，颇具科技风的会议室里一坐，想必谁都不会起疑这是一家"骗子公司"。

等待马雪莹过来的时间里，陆羽和方纹倒是聊得挺投机，一会儿讨论美妆产品，一会儿又聊起"花语"公司请的明星代言人的八卦。周宇等得腻烦，便打了个招呼，说出去抽根烟。

他走出门，正准备找个没人的地方点烟，就看到马雪莹朝这边走来。她正东张西望地找着什么，看起来很慌张，与前几天在公司办公室见到的女强人模样完全不同，非常反常。

周宇把还没点着的香烟往地上一扔，决定躲起来观察马雪莹。

马雪莹并没有走向陆羽她们所在的那间玻璃房，而是特意绕道走到了另一侧厂房边的一个自行车棚。她又东张西望了一番，然后掏出了手机。

周宇明白了，她是想找个没人的地方偷偷打电话。

周宇从另一边绕了过去，尽量轻手轻脚地走到了车棚侧面。

隔着车棚能勉强听到马雪莹的声音，显然她刻意放低了音量。

"嗯……银行……查一下……多久……"

仅能听出断断续续的几个词,周宇搞不明白这到底什么意思,似乎是在查询银行信息。

没过多久,马雪莹便挂断了电话,离开了车棚。周宇想了一下,原地掏出一根烟,点着之后火速抽了几口,然后拿着点着的烟往玻璃房走去。透过玻璃可以看到马雪莹已经走进了屋子,周宇又在外面拿着烟装模做样地抽了几口,才掐灭香烟,扔进垃圾箱,然后走了进去。

"啊,马总来了啊,不好意思,刚才出去抽了根烟。"

"没事,我也刚到。"马雪莹冲他点了点头,又恢复了女强人的派头,看不出有一丝可疑的神色。如果不是亲眼看到她刚才在外面偷偷打了个电话,周宇甚至都要怀疑自己了。

不过,那通电话也未必百分百与案子有关,还是不要太早下结论。

"接下来我还有个会,半小时够吗?之前我的行程和客户那边的联系人陆羽都已经发给你们了吧,还有什么问题吗?"马雪莹催促道。

周宇慢条斯理地说道:"我们这次来,是想了解一下你和王治国的关系。"

马雪莹烦躁地看了周宇一眼,道:"这个上次也说过了吧。"

周宇继续道:"据我们所知,大概二十多年前,你刚从老家来东阳,在东信集团负责一个'养老投资项目'……"

马雪莹笑了笑,似乎早已料到警方会问这个。

"没错,我们集团以前搞过不少投资项目。怎么了,有问题吗?"

"王治国是否也是你找到的投资人之一?"

"可能是吧。当时我们找了很多投资人,刚来东阳市打工时我也没什么人脉,想着一起发财嘛,就去老家找了些旧相识一起投资。不过时间过去这么久了,具体都找了谁我都记不清了。"

"投资人的话,公司里应该有记录吧?"

"嗯……"马雪莹作势揉着太阳穴,"说不好。因为当时的项目都是挂在另一家公司的业务下面的,那家公司后来破产了,这上哪儿查呢?"

"投资人后来都赚到钱了吗?"

马雪莹摆出公事公办的样子,说道:"当时我只负责发展投资人,相当于销售。之后的盈利由其他部门负责。我们分工很细的,你可能得去找集团的财务。"

"那该找谁?"周宇的视线转向陆羽。

马雪莹摆了摆手,道:"找刘会计吧。不过这么多年过去了,资料还有没有留存我就不知道了。"

次日,周宇便前往东信集团总部。

东信集团的办公地点离花语公司不远,就在创业区的另一栋写字楼里,不过规模比花语公司要大上不少,足足占了两层办公楼。

财务刘会计是一个四五十岁的男性,刚一见面就挂着一脸不耐烦的表情。

"你说的这个项目,是我们集团之前投资的一个叫东明的小公司做的,这家公司早倒闭了,九十年代的事了。当时账目还是记在本子上的,连电脑都没有,你说上哪儿找啊?"

周宇心里一沉,虽说早就想到二十多年前的财务记录找起来会比较困难，但当面被拒绝还是让他感到手里的线又断了。

"当时你在公司吗？"

"在啊。那年我刚毕业，跟着老财务干。"刘会计叹了口气，"那个项目，也就是我，别人肯定都不记得。"

"那你能说说那个项目的情况吗？"

"就是要做一个海边养老地，选了个靠海的城市拿了一块地，打算建养老公寓，配套再建一些设施。但是资金不足，就以'社会招股'的形式找了些人投资。这块地确实拿下了，楼也盖了，只是盖到一半资金链断了，工程烂尾了。"

刘会计轻描淡写地说完了。

"烂尾了？那投资人的钱怎么办，退了？"

"退？退不了啊。投资项目就是这样的啊，等项目开始有收益了，大家才能一起赚钱。楼烂尾了，就是没钱赚嘛。那个公司后来就破产清算了。"

刘会计的态度让周宇有些气愤，但此时重要的不是追查这个项目是否涉嫌诈骗。

"公司破产了，投资人的钱就更拿不回来了是吧？那有没有可能提前退出？"

刘会计翻了个白眼，答道："理论上讲可以随时退出，事前也会跟投资人讲。不过提前退出非常麻烦，流程很烦琐。"刘会计奇怪地笑了一下，"而且，有人提前退出的话，负责的业务员就会被砍业绩。所以很多业务员都不会跟投资人说这笔钱可以退，或者说得比较模糊。"

"也就是说……基本上没人拿回了投资款？"

"我也不敢说完全没有，但我印象里……没有。"

"这么重要的事，真的完全没有记录吗？"

"当时就找了个本子登记嘛，早找不着了，都多少年了。"

周宇敲了敲桌子，严肃地说："这件事很关键，最近市里查税查得挺严的，你也知道吧？"

刘会计眼镜后面的眼睛转了两下，说了声"那我再去找找"，然后从抽屉里翻出一把快生锈的小钥匙，走出了办公室。

一个多小时后，刘会计拿回了一本破破烂烂的登记簿，里面的字迹都有些模糊不清了。周宇接过来，看到封面上写着"东明养老投资认购表"的字样。

然而，他从头翻到尾翻了好几遍，都没找到王治国的信息。

周宇坐在办公桌前陷入深思。通过勒索信的笔迹，以及绑架案发生后王治国的银行账户里多出的五万元，几乎可以肯定王治国与宋小春的失踪案有重要关联。然而，他在宋远成失踪当晚又有着绝对可靠的不在场证明。这说明在宋家的绑架案中，除了王治国以外还有"第三个人"存在，并且这个人深入地参与了整个案件。

这个人有没有可能就是马雪莹呢？

王治国曾经听信马雪莹的劝说，将原本打算用来买房的钱进行了项目投资，并最终导致无钱给妻子治病。从这方面来说，王治国来找马雪莹要钱似乎说得通，但为什么是在这么多年之后呢？

而且马雪莹在王治国死亡时拥有不在场证明。

难道说马雪莹与此案毫无关联？

不可能。比起扑朔迷离的失踪案，发生在眼前的王治国死亡案似乎更加清晰一些，大量的疑点都指向马雪莹。那么，她的不在场证明会不会有问题?

比如她对尸体做了手脚,导致死亡推定时间有误?但是王治国的尸体被发现得还算及时,尸体也没有异常。

第二种可能是有"共犯"存在。如果马雪莹有一名"共犯",就不需要她亲自动手杀死王治国,而她也恰好可以利用这一点,来为自己制造不在场证明……

制造不在场证明。

周宇在心里默念着这句话。这句话中的某一部分触动了他心中的念头……那是王治国的尸体被发现时他想到的。

尸体的手指露在外面。当时他考虑过这是否是凶手刻意为之。如果真是这样的话,那这会不会是马雪莹精心设下的一个局呢?她让共犯杀人,同时为自己制造精确的不在场证明,那一切就都说得通了。

可是,她的共犯是谁呢?

他感觉自己的大脑仿佛打了结一般,而这时偏偏又传来了一阵噼里啪啦敲打键盘的声音,更是彻底打断了他的思路。

他扭头看了一眼,敲打键盘的人是方纹,她面前还摊着几本杂志。

"你查什么呢?"周宇凑过去问道。

"奇怪……"方纹依旧盯着电脑屏幕,皱着眉,似乎在思考一件了不得的事情。

"什么奇怪啊?"周宇干脆拖了把椅子坐到方纹边上。这时他才发现,方纹面前的杂志都翻开在马雪莹接受采访的页面。

"你还记不记得,陆羽和我们说过马雪莹以前是做销售出身,还将一个快要破产的项目带得起死回生了?"方纹头也不抬地问道。

"记得啊,怎么了?"

"可是,回来之后我翻了这几本杂志,发现都没有提到这些……不光是这样,我还上网查了马雪莹接受过的采访,我可以确定,她的采访里都只聊了一些和'花语'公司相关的。而且,她的个人资料是伪造的。"

说到这里,方纹才看向周宇,并将一本杂志递了过来。那上面登了马雪莹的个人信息,写着某名牌大学毕业,以及曾在国外某知名企业工作。

"马雪莹过去的事情她自己都没提过,陆羽为什么会知道呢?"

方纹露出不解的神色。

周宇翻看着杂志,听到方纹又悠悠地说道:"除非……她是通过其他方式得知这些信息的?"

然而,周宇和方纹还没来得及对这条线索进行调查,几小时后,王治国的死亡现场被发现了。

19

回到招待所时秦思明还晕乎乎的。

他从来没这么感谢过自己的方向感。下山的时候,手机没电了,他只能借着月光认路。结果刚走到山脚下又被一个骑电动车的撞了一下,人倒是没事,只是手机飞了出去,摔裂了。

好在他还记得回去的路,虽然绕了几圈,但好歹顺利回到了招待所。

晚上十点,这镇子里就半个人影都看不到了。从小到大都在城市生活的秦思明产生了强烈的不适应感。

但这一趟还算有收获,虽然他还搞不懂这次得到的信息最后能推导出怎样的结论。

回来的路上,他试图将刚才所看到的,与之前工厂看门的王师傅讲的"闹鬼故事",以及那起女童绑架案联系在一起。

这几件事之间一定有某种联系,可是……到底是什么联系呢?

为什么这里会有一座自己的坟墓?不,现在还不能肯定这个马思明是谁……

他走进招待所的房间,打开灯,放下背包,抽了张纸巾擦了擦汗。

最好尽快联系肖磊,汇报一下今天的进展。想到这里,秦思明抓起房间里的座机,准备直接给肖磊打过去。虽然手机摔裂了,但是肖磊的手机号他还记得。

可是电话听筒里一点声音都没有。他又看了一眼座机,上面也没写打外线电话要加拨什么,于是他试着按了一下"0",还是没有任何反应。看来这台电话根本就不能用。

那只能去楼下借用前台的电话了。

秦思明走下楼。这个招待所只有两层,自然没有电梯,走廊里的感应灯似乎接触不良。他使劲儿跺了几脚,又咳嗽了两声,灯还是没亮。

可恶。

手机还坏了,只能摸黑了。秦思明摸着墙往前走。走廊尽头的窗户透进了一点亮光,却不足以照明。

不知是不是心理作用,他感觉墙上有一层厚厚的油,于是条件反射性地将手抽了回来。

他一点一点地向前移动着,嘴里还念叨着到楼下以后要让前台大姐找人上来修一修这走廊里的灯,或者索性借个手电筒……

秦思明的胆子不算小,平时还喜欢看看恐怖片。但真的身处这种环境时,却有说不出的感觉。

他深吸了一口气,加快脚步一路下了楼,还好途中没发生什么状况。

楼下前台处的灯亮着。

"那个……大姐?"

秦思明小声地叫了一声。

奇怪的是,前台虽然亮着灯,却并没有人。刚才回来的时候那个大姐明明还坐在那儿玩手机呢,怎么一转眼的工夫,人就不见了?

他走到前台,发现桌子上的茶杯里茶水还是满的。也许是临时有事吧，要么就是去上厕所了？

前台大姐之前说过，晚上就她一个人值班。不过这么晚了，外面马路上一个人都没有，她会有什么急事要办呢？

还是先打电话吧。

秦思明拿起桌子上的固话听筒，没想到这部电话也完全没有声音，像是坏掉了。扣上之后再拿起来，也还是一样。

怪了……

平时没感觉，真到了手机和固定电话都不能用的时候，才感觉到不方便。

他抬头看了一眼墙上的时钟，现在是晚上十点二十。他想起回来的路上虽然没在街上看到人，但附近人家有亮着灯的，不知道能不能找好心人借手机或者电话打一下。

更重要的是，刚才遇到了一连串怪事，现在前台大姐也不在，楼上的走廊还黑乎乎的，他不想一个人待着，不如出去找个有人的地方待上一会儿。

想到这里，他便走到玻璃门前，打算出去。也许是因为大门年久失修，被他一推便发出"吱啦"一声，在这安静的夜里显得格外瘆人。然而，门并没有应声推开。这时他才突然发现，玻璃门外挂着一道圈锁，被人从外面锁上了。

怎么回事？刚才回来的时候门可是开着的，就在自己回了趟房间这不到半个小时的时间里，有人把招待所的门锁上了？这未免也太巧了吧……然而，在感叹巧合的同时，秦思明也意识到，这样一来就等于自己被困在了这个招待所里。

秦思明终于慌了。

他去四周转了转，想看看有没有窗户可以翻出去，然而很遗憾，招待所一层的窗户都是锁死的。他又壮着胆子去了一趟二楼，走廊尽头的窗户倒是可以打开，但下面是一堆碎石，跳下去肯定完蛋。

秦思明又回到一楼前台处，他已经打算找个重物直接把玻璃门砸碎。这时，桌子上的电话突然响了。

电话不是坏的吗？！

秦思明不想接电话，然而电话却像是中了邪一般响个不停，就像是猜准了他就在旁边，坚持不懈地想让他接起来。

最终，秦思明先败下阵来，接起了电话。

"喂，谁啊？"

电话那边并没有人说话，却能听到某种奇怪的杂音。像是故意捻弄电话线发出的电流声，又像是碎屑摩擦时发出的声音。

秦思明把听筒拿开了一些看着，他无法理解眼下的状况，是打错了吧。他这么想着，准备挂断电话，却突然听到那边传来低沉的说话声。

"近日，警方接到市民报警，一名一岁女童……家长收到……提供赎金后，女童……下落不明……"没有起伏的女子的声音，伴随着呲呲的电流声。

女童，赎金……是有关女童绑架案的报道！为什么那段报道会变成广播，通过电话传达给他？！

秦思明感觉周身被一股莫名的寒气包裹……为什么会在这里听到这个？他的大脑一片空白，拿着电话听筒的手僵在那里，这时另一端传来"嘀——嘀——"的声音，这意味着电话挂断了。

这电话有问题。

不，不光是这电话，这招待所也有问题。

但此时他出不去，招待所的门被锁起来了。

他无法冷静下来，一个箭步钻进前台，打开了抽屉和下面的柜子。他疯狂地翻找着,虽然不知道想找出什么。然而柜子里却只有一些派不上用场的杂物,胶水、剪刀,还有一堆过期的住客登记表。

住客登记表……秦思明突然想到了什么。

说起来,除了前台大姐以外,他没在这间招待所里碰到过任何人,招待所里只有他一个人住吗?

想到这里,他又翻了翻桌子上的那堆本子,找到最新的那本登记本,翻到最近的那一页。赫然只有自己一个人的名字,这说明之后就没人入住了。

那么之前呢?也许有人在自己之前入住也说不定,想到这里,他又往前翻了一页。

前一页上确实登记了客人,但最后一名客人是在半个多月前办理的退房手续。也就是说,这家招待所在近半个月来只有自己一位客人?

不可能吧!如果真是这样,这招待所怎么可能还经营得下去。

秦思明仔细看了一眼本子的接缝处,果然,有一页被撕掉了。

为什么要这么做?

如果这是有人刻意为之,那就意味着有人想要刻意隐去在他之前入住的客人名单。

那是不是意味着这个人想要隐去自己的入住信息?

秦思明将登记表翻回到最新的那一页,将本子举到灯下仔细端详了一番。在灯光下,似乎能隐约看到上一页登记时留下的书写痕迹。

想要隐去自己入住痕迹的人应该是最近入住的,所以应该在下面找……

　　秦思明紧盯着纸的底部，竟然真的发现了一丝痕迹。

　　登记人姓名处写着：宋小春。

　　这是谁啊？

20

秦思明是被一阵敲门声惊醒的,他睁开眼睛,感觉脑袋像是被什么东西糊住了。他记起昨晚从前台抽屉里翻出一个手电筒,勉强回到了房间。锁好门后又在门后抵了一把椅子,然后他躺在床上胡思乱想了大半夜。因为手机坏了,他也不知道自己到底是几点睡着的。

"谁啊?"他坐起来,冲着门口喊了一声。

"我,前台。"

是前台大姐的声音。秦思明松了口气。他挪开椅子打开门,大姐就站在门口,眼神诡异地盯着他。

"小伙子,你是不是翻我的东西了啊?"

"啊……"

原来是来算账的,秦思明有些不好意思地挠了挠头。

"昨晚我的手机坏了,本来想去楼下借电话打一下,结果发现前台的电话也不好用。楼上走廊灯又坏了,你也没在前台,我就想着找个手电筒照个亮,免得回来的时候摔了。"秦思明大大方方地解释道,本来事实就是如此。

"灯坏了?"前台大姐皱起眉头,一脸不相信的样子。

"是啊,这走廊不是感应灯吗?昨天晚上不亮。"

"好的啊。"大姐拍了一下手,走廊上的灯马上亮了,"昨天晚上我回来以后还上来看了一眼，没问题啊。"

那可真是见鬼了。

"对了，大姐，你昨天晚上去哪儿了？"

"啊哟，我老头子在家里吃坏肚子了，把我叫回去给他找药。你说这男人啊，自己拉肚子，药都不知道在哪儿，还非要把我叫回去……"前台大姐突然开始抱怨了起来。

秦思明赶紧打断她。

"那你走了怎么还把门锁起来了，我想出去来着。"

"我怕丢东西啊！原以为二十分钟就回来了，谁知道他毛病那么多，吃了药又让我给他煮粥。而且我以为你有事会给我打手机嘛。招待所就我一个干活儿的，不锁门，进来坏人怎么办？"大姐一脸不乐意地埋怨着。

的确，前台放着印有大姐手机号的名片，但偏偏昨晚手机坏了。

秦思明无奈地摇了摇头。

"对了，屋里的电话和前台的那部电话都不能用啊。"

"唉，电话确实是太老了，有的时候还串线呢。我平时都不用，打电话就用手机，多方便，还有来电显示。"

"我手机坏了，昨晚急得要命。还在楼下接了个电话，一个奇怪的女声说话呢。"

"啊？那肯定是串线了！我有的时候接起来，还能听见不知道哪儿的电台广播呢。都跟你说了，打电话用手机！"大姐一脸鄙夷地说道，转身就要走了。

秦思明赶忙叫住她，问道："大姐，我想问一下，这招待所里除了我，还住了别人吗？"

"你这话说的，住了啊，就做你一个人的生意那不早倒闭了。"

秦思明想问问那页被撕掉的住客登记表，又不知该从何问起，便说了一句："最近也不是旅游旺季，还有人来啊？"

"有啊，就在你来之前，就有人入住呢。不过今天一大清早就退房走了。"

秦思明心里动了一下，追问道："今天早上退房的这个人，叫什么名字啊？"

大姐瞪了她一眼，说："这是客人隐私，不能随便说！"

"那……您告诉我是男的是女的总行吧？"

"女的。"大姐不情不愿地说道，"哎呀你还住不住了，要续费就下楼把房钱先交了。"

秦思明哪里还敢在这里再住一晚，昨天晚上的事已经把他吓得够呛了。

"先不住了，我去收拾收拾，下去办退房手续。"

大姐嘀嘀咕咕地下了楼。

送走了前台大姐。秦思明坐回到房间的床上，这才缓过神来。昨天发生的事情太多了，一时之间也理不出头绪。最后他下楼向前台大姐借了手机，给肖磊打了个电话，把昨天发生的事情大概讲了一遍。

没想到肖磊听了他的讲述后就让他赶紧回东阳，说有要紧的事商量。

回到东阳之后，秦思明直接被肖磊接回了家。

"你现在很危险，先别回家了。"

换作过去，秦思明肯定觉得这种说法夸大其辞了，但是经历了昨天在东安镇的一切,他也觉得自己似乎掉进了一个陷阱。

"我说说我这边的情况吧。"

秦思明想起两人分工,自己去东安镇调查母亲以前的事情,肖磊去调查那起女童绑架案。

"怎么说,你查到什么了?"

"我有一个朋友在《东阳日报》的广告部上班,我让他在编辑部帮我打听了一下,说当年报道绑架案的记者已经离职了,不过那位记者在报社带过一个实习生,这个实习生现在是社会版的副主编。我请这位副主编吃了顿饭,这副主编还真挺够意思,他回去之后发现实习的时候用私人邮箱给带他的记者发过文件,于是找到了这位记者的个人邮箱。"

"然后呢?"

"我往这个邮箱写了一封信,没想到那位记者现在还在用这个邮箱。不过很遗憾,他现在在外地工作,没法和我们见面。"

"那我们能跟他电话沟通吗?"

"我已经给他打过电话了。"

"有什么结果吗?"秦思明感觉心脏开始怦怦跳个不停,一个期待已久的问题现在终于要有答案了。

"先说结论。他给我讲了这起案件的大致情况,至少表面上看,和你没有任何关系。受害人是一名一岁女童,女童的父亲是摆摊卖煎饼的,家里的经济条件一般。孩子是被奶奶带出门时遭遇绑架,随后父亲收到了要赎金的信,父亲没有报警,而是把赎金交到了指定地点,但绑架者没再和这位父亲取得任何联系,女童一直下落不明。"

秦思明点了点头,听起来确实和自己毫无关系,而这就更让他难以理解了。

"受害者叫什么名字，你问到了吗？"

"问了，被绑架的女童姓宋。"

宋……这个姓氏敲击着秦思明的大脑。

"名字呢？那个女童叫什么？"

"宋小春。"

秦思明脑子里的弦突然崩断了。

"这个名字……是招待所里，被撕掉的那页上的名字！"

秦思明又详细地讲了一遍他发现登记表上的名字的经过，肖磊沉思了一会儿，说道："也许这个宋小春，就在我们身边。"

21

王治国的死亡现场其实一直都在警方的眼皮子底下。

是由民警在王治国所租住的小区里走访时得到的线索。在小区后门附近经营一家小便利店的老板告知民警，王治国曾经来买过香烟，但他购买的香烟牌子和在他租住的房子里发现的烟蒂不一致。

这个小区有两道门，以王治国租住地所在的单元楼来看，外出购物走小区正门更加方便，而且正门边也有一家小超市。那他为什么要特意绕到小区后门的便利店买烟呢？

周宇大胆猜测，也许王治国在小区里还租了一套房子，这香烟正是在另一间房子里抽的。警方很快找到了一名房东。房东表示手里有一个单间出租，因为没怎么装修，环境较差，在中介上挂不出价格，就只在小区里贴了些小纸条，后来王治国打电话租下来了。这名房东前一段时间一直在外地出差，根本不知道他出事的事，被警察叫来开门时还是一脸完全状况外的样子。

这个单间二十平米左右，房间里有一张床、一张餐桌和两把椅子。地上放着一台款式十分老旧的电视机，让人怀疑是否还能使用。墙壁和地板都脏兮兮的。

床上没有任何床上用品，只有一块光秃秃的床板，显然王治国没打算在这个房间过夜，租下它另有用途。

桌子上有几个发霉的面包和空的饮料瓶，地上散落着一些烟蒂，与他在后门便利店购买的香烟品牌一致。这证明周宇的猜测没有错。

之所以判断这里是王治国的死亡现场，是因为有血迹和凶器。根据现场的血迹喷溅情况，法医推测王治国遇害时应该正坐在餐桌边的椅子上，凶手站在他身后，使用留在现场的烟灰缸击打了他的头部。烟灰缸上还粘着王治国的血，其形状也与尸体上的伤口吻合。

椅子边的地面上有一些王治国的个人物品，应该是他被杀后凶手特意翻了出来。包括他的身份证，几张会员卡和几张纸片。

除此以外，现场的地面上还有一些浅粉色的粉末。这引起了警方的注意，当然周宇也没有放过，他马上把方纹叫来吩咐了几句。

另有一张取款凭单引起了周宇的注意。是通过ATM机提取一千元现金的记录，经核实，提款的银行卡并不属于王治国本人，而是属于他已死去的妻子的母亲，也就是他的岳母。妻子早逝后王治国一直照顾着岳父岳母，之前警方就了解到他岳母的身体不太好，那么，很有可能这张属于他岳母的银行卡，实际使用人却是他。

不过这张卡的问题还有很多，就在几天前，有一个账户向这张卡转入了五十万元，那个账户正是马雪莹的关联账户。

也就是说，尽管马雪莹否认，但她的确按照王治国所要求的，给了他五十万元。

然而，一直令周宇困惑的马雪莹的不在场证明依旧坚固。王治国死于七月十日下午，而这一整天马雪莹都拥有牢固的不在场证明。

周宇此前还曾设想，如果马雪莹提前绑架了王治国，将他迷晕后装在车子的后备厢中，就有可能做到在七月十日陪同客户的间隙，找借口出来在车子里杀人，晚些时候再弃尸。但是一来，当天马雪莹没开自己的车，二来，如今发现了案发现场，基本可以确定王治国是在"平安小区"的这个单间里被杀死的。这里距离"花语"的工厂以及马雪莹当天陪客户吃饭的地方都不近，不可能在短时间内往返。她的不在场证明又在发现案发现场的这一刻加固了。

那么，如果马雪莹不是杀害王治国的凶手，真正的凶手又是谁呢……真的有一个"第三个人"藏在背后，默默操纵着一切吗？周宇又陷入"共犯"是谁的迷雾中。

李婉？她是宋远成的妻子，具备杀害王治国的动机。而且，她女儿曾提到她似乎在宋远成的失踪案上有所隐瞒。有没有可能她才是一切的幕后主使呢？比如她先与王治国、马雪莹合谋杀死了宋远成，也许是因为宋远成掌握了她的什么秘密，之后她又杀掉了王治国？但周宇印象中那个女人畏畏缩缩的，实在与冷血的杀人犯形象相去甚远。

或者是宋迎秋？她也和李婉一样，有足够的动机。但宋远成和宋小春失踪时她还只是个学生，难道是这段时间她渐渐洞察了事件的真相，并且开始进行自己的计划？可她和王治国又是怎么联系上的呢？

还有其他可能性吗？还有什么人尚未浮出水面吗？

周宇几乎可以肯定，这三具一起发现的尸体其源头就是宋小春绑架案。但是最下面的那具女童尸体到底是不是宋小春呢？目前仅仅能证明女童与宋远成存在直系亲属关系，可如果……

周宇感觉脑子里有什么东西闪了一下。

就在这时，门被推开，走进来的是方纹。

"查到什么了吗？"

方纹点了点头，她似乎是一路小跑过来的，还气喘吁吁的。

"地上的浅粉色粉末，与我们在'花语'工厂看到的粉色粉末一致，都是'花语'公司的眼影。"

对案发现场的全面检查也很快就出了结果。周宇皱着眉，又看了一遍鉴定报告。

在案发现场发现了马雪莹的指纹。但作为凶器的烟灰缸明显被擦拭过，没有留下任何指纹。

22

马雪莹已经一天一夜没合眼了,但此时的她完全没有困意。

一周多之前,她的儿子失踪了。

不,确切地说是被人绑架了。

刚发现怎么都联系不上儿子后,她就收到了一份快递。是寄到公司的。

快递里面有一张纸条、一件儿子经常带在身边的物品和一撮毛发。她一眼就认出这些都是属于儿子的东西。而那张纸条上只有简简单单的一行字。

她意识到儿子是被绑架了。

昨天,她依照对方发来的要求,从某个大型超市的储物柜中取出了一只老旧的安卓手机,与此同时她将自己的手机关机,扔进了垃圾箱。

已经一整天没有出现在公司了,手机大概被打爆了吧。然而现在她完全没有心思担忧公司的业务。

事到如今,她已经意识到对方不是为了钱而来的。既然选择了这个地点,那就一定与"那件事"有关。说起来宋远成似乎还有一个孩子,算起来今年应该多大了呢?

啊!!!

现在回想起来,打从一开始"那个人"就格外可疑,可自己偏偏没有重视，才导致了这样的后果。

马雪莹每隔几分钟就要按亮这部手机的屏幕，她希望是因为走神或手机故障而漏看、漏听了信息。但每次按亮屏幕，都没有任何新消息，她感觉自己已经和全世界失去了联系。

现在的时间是……凌晨一点半。

她看着映在车窗上的脸，这张早已看惯了的自己的脸，如今仿佛苍老了二十岁。

马雪莹不怎么下功夫保养皮肤，她很忙，也懒得研究护肤品，就一直用同一个品牌的。然而这些年来她并未显出老态，高压的工作反而让她更精神了。或许是因为公司的业务在她手中蒸蒸日上，这种正向的反馈在给她提供源源不断的生命力。

可这短短的一周，她感觉自己的心气正在飞速流失，沉重的疲惫感将她压得喘不过气。

她靠在椅背上，闭上了眼睛。她知道自己睡不着，太阳穴处的血管突突地跳着，似乎随时都会爆裂。继续熬下去身体就要撑不住了，还不知道对方会提出怎样的要求呢。

渐渐地，身体终于发出了疲惫的信号，她进入到半梦半醒之间。大脑似乎仍有些意识，但那意识又像是被什么深沉的东西拖住了。

就这样不知道过了多久，马雪莹被有人拍打车窗的声音惊醒。

她摇下车窗，发现车外站着一个身穿警服的年轻人。

"我们已经找到了……的尸体，想请您确认……"

对方的话断断续续的，但她完全理解了其中的意思。她的心被猛地揪了起来，记忆中，这样痛苦的经历也有过一次。她以为只要自己足够努力，就不会再经历类似的痛苦了。她拥有了金钱和地位，不是就能帮她抵御危险，不需要再体会这种感觉了吗？

然而现实却在嘲讽她。她下了车，跟着刑警往前走着，脚下的路泥泞不堪，她想问些什么，却怎么也张不开嘴，只是默默地跟着对方走着。

也不知走了多久，前方的地面上出现了一块黑色的布，好像盖着一个什么东西。刑警冲她使了个眼色。

她突然产生一种想要放声大哭的冲动。还不能哭，也许不是呢……她不断地劝慰着自己，但理智告诉她那样的可能性不大。

她蹲下来，做好了心理准备，掀开了那块黑布。

可她却怎么都看不清楚下面那人的脸。她想要凑近去看，那张脸却突然变成了一个黑洞！

马雪莹猛地从座椅上弹了起来，意识到原来是一场梦。梦里的紧张感依然让她心跳加速。她抚着胸口，不停地安慰自己。但那梦境实在过于真实。她用力地摇了摇头，感觉大脑接受了现实，但梦中感受到的悲痛和恐惧情绪仍然萦绕在她的心中。

不行……现在还不能倒下，还有必须要去做的事情。

她使劲拍了拍脸颊，又抽出一张湿纸巾擦了擦脸，想让自己清醒一下。就在这时手机响了，她拿起手机，发现收到了一条短信。

现在下车。往西直走。坐 335 路夜间公交车。

马雪莹做了个深呼吸，下了车。

她不知道 335 路公交车是通往哪里的。事实上她已经很多年没坐过公交车了。

她将碍事的长发扎起来，已全然不顾自己的样子是不是已从精英企业家变成了邋遢的中年妇女。

她按照对方的指示往西走。路上恰好有一辆335路公交车驶过。她也顾不上思考太多,拔腿就追。所幸没跑几步公交车就减速停了下来,马雪莹冲到后门,猛拍了一通。

车门发出噗噗声打开了,她也不管司机的怒吼声,就直接上了车。车上零星坐着几个人,没人看向她。司机还在念叨着要前门上车,要买票之类的话,马雪莹抓着扶杆往前门走。

车子启动,惯性带着马雪莹的身子往前冲,她一个没站稳,就跪在了车里。她顾不上疼痛,努力站起来,从钱包里取出十块钱,直接塞进了投币箱。司机像看神经病一样看了看她。

找了个座位坐下后,手机响起。

西南二路站下车
往前直走 过两个路口左转进巷子
31号院

西南二路……

马雪莹抬头看了看公交车内贴的站点指示牌,在心中默数。还有那么远一段路啊,那要花不少时间呢,而现在每一秒对她来说都是剧烈的煎熬。但这个站名让她又清醒了几分,她开始在脑中梳理整个事情的经过,越发确定此前的猜测是正确的。

车内广播响起,即将停靠西南二路站。

马雪莹赶紧下车,按照指示往前走。

她拐进了小巷,巷子的墙上有好几个用红色涂料写着的"拆"字,看起来触目惊心。这是一片待拆迁区,居民们早已搬走,一派破败景象。

马雪莹对这里是再熟悉不过了。因为她曾在这里住过一段时间。那时院子里住满了人，她甚至还能记起走进院子就能闻到的那股酸腐味，不知是公共厕所还是哪里的下水道散发出的。

到了，短信中提到的地方应该就是这里了。

夜里的风吹动杂物与门板，发出嘎吱的声响。她拿起手机，又确认了一下院子上的门牌号。

她走进院子，一边小心观察着周围，一边往前走，突然感觉脚下有一处凹陷。低头一看，发现有一块土像是刚被挖过。

她来不及思考，也顾不上寻找趁手的工具，直接用手去挖。指甲划过泥里的碎石，一阵生疼。但这疼痛对于现在的她来说全然算不上什么，反而能让她更加清醒。

很快，泥土下出现了一个小盒子。是一个铁皮饼干盒。

她预感到盒子里也许有什么她绝对不愿看到的东西，但她又无比急切地想要打开它，去亲眼确认。

她抓着饼干盒，手因为紧张而颤抖，无法使出力气，花了好久才费力地将盒盖打开。

一时之间她没明白饼干盒里装着的是什么，她拿起那个小小的东西，凑近了细看。接着，马雪莹发出沙哑的惊呼，那是一截染血的手指，手指上的血液已凝固。她感到害怕，心里却又清楚地知道这截手指曾属于自己的儿子。

她感到自己即将崩溃，她想大哭大叫，但大脑中理性的部分提醒她现在还不是崩溃的时候，她的儿子还在等着她去拯救。

马雪莹将手指放回铁盒，小心翼翼地盖上。也许还来得及，她默默地对自己说，她记得看过报道，说手指断掉的几个小时之内，如果处理及时，就还能再接回去。

努力地压抑下内心的惊恐与不安，马雪莹拿起手机，颤抖着用已经沾满泥污的双手按着屏幕。她连续给对方发送了几条短信，但手机就像是睡着了一般，安安静静。

马雪莹感觉整个世界都像是睡着了一般。就在她的精神濒临崩溃时——短信提示音再次响起。

上二楼

只有这短短的三个字。马雪莹抓起饼干盒，冲到楼梯口。鞋子踩在水泥台阶上，发出令人不快的声音。她不顾一切地往楼上冲，中途仿佛听到了什么声音。

是一种很奇怪的声音。像是人的呼吸声，又像是风声。她驻足细听了一会儿，却分辨不出是什么，最终还是继续往前。

上了楼，她很快就意识到不对劲，一股血腥味扑面而来。她马上就找到了气味的来源。

是一个空房间，门板和窗子都没了，借着月光能勉强看到房间内的情况。

墙皮剥落，空空荡荡，地上……有一个人。

一名成年男人趴在地上，周身有大量血迹，那股血腥味就来源于这里。她甚至不需要仔细确认，就已经知道了这个人是谁。

这是她在这个世界上最熟悉，也是最不能失去的人。

为什么会这样……

大脑还处于无序状态时，她听到了一阵轻微的脚步声。

那是她非常熟悉的脚步声。这一切果然都和她所想的一样……

23

病房里充满了消毒水的味道，陆羽躺在床上，头上缠着纱布，正沉沉地睡着。她似乎做了个好梦，甚至在梦里扬起了嘴角。不知道是怎样美好的梦境，让她能在这样的情况下还露出笑意。

也可能她并没有笑，只是阳光透过窗子照在她的脸上，场景过于温和，才给人一种"带笑"的错觉。

"病人需要静养，请出去吧。"

医生冲周宇摆了摆手。

"不严重吧？"周宇问道。

"她是肩部受到重击，摔倒在地时撞到了头，造成了昏厥。没有太大的危险，也不会对大脑产生严重损伤。不过需要休息，等她醒了再来吧。"

医生的口气不容分说。周宇不得已，叹了口气，走出病房。

周宇走出住院楼，楼下有一个供病人休息散步的小花园，他本无心多作停留，但看到有个熟人坐在花园的长椅上。

方纹坐在长椅上，包放在一边，手里拿着两个便利店的纸杯，因为腾不出手来，于是冲周宇点了点头算是打招呼。

周宇注意到她换了包，平时两人出门时，方纹都是背一个黑色的方形皮包，今天却是一个红色的皮包，包上还拴着一个小熊玩偶。

"你怎么不上去啊?"周宇走到她跟前坐下。

"我不喜欢医院和消毒水的味道,能不去就不去。"方纹把纸杯递给周宇,慢悠悠地说道。

周宇想起方纹曾在一次聊天中提过她小时候生过一场重病,在医院住了一段时间。那时她父亲忙于工作,母亲忙着照顾刚出生的弟弟,基本没来探望过她。也许她是怕消毒水的味道让她再次回想起那段经历吧。

"陆羽怎么样?"方纹问道。

"睡着呢,医生让我等她醒了再来。"周宇答道,然后喝了口饮料,问了句,"马雪莹的儿子呢,怎么样?"

"没什么大问题,手指接上了。就是人饿了一个星期没怎么吃饭,很虚弱。"

之后两人无言地坐了一会儿,方纹打破沉默,问道:"马雪莹那边呢?"

"交待了。说是根据短信去救儿子,结果看到陆羽出现在现场,于是打伤了陆羽。"

"可是我还是不明白,周队,你是什么时候发现马雪莹的儿子秦思明,在我们第一次见马雪莹时就已经被绑架了的?"

周宇笑了笑。

"你还记得我们第一次见她时她和陆羽小声交待了什么吗?"

方纹努力地回忆着,最后却摇了摇头。

"她让陆羽将与客户见面的时间调整到当天晚上。"

"好像确实有这么回事。可这又有什么关系呢?"

"之后陆羽给我们看的日程安排上面写着,原本当晚的安排是'家人生日'。家人生日这么重要的事,为什么要临时变成与客户吃饭应酬呢？"

"为什么？也许因为这个客户很重要？"

"不，她第二天晚上的行程是空的，根本没必要做这样的调整。还有，她办公室里放着一个手表礼盒，应该是准备送出的生日礼物。她只有儿子这一个家人，陆羽也提过她和儿子关系很好，所以，能够让她改变行程的原因只有一个——那就是，她已经没法和儿子一起庆祝生日了。"

"原来如此……确实有几分道理。"方纹当时只留意到了桌子上的生日礼物，却没把它和马雪莹当天的行程结合起来思考，想到这一点，她不禁懊恼，明明线索就摆在眼前，自己却没有注意到。

"当然，当时我只是怀疑，并没有往深里想。直到得知马雪莹往王治国岳母的银行卡汇了一笔钱时我才想到，她没法和儿子一起庆祝生日，会不会是因为她的儿子被绑架了？"

"但王治国那时已经死了，绑架秦思明的人又是谁呢？真的有'第三个人'存在？"

"没错。我们之前设想过这起案件可能存在'第三个人'，但是当时可供推理的信息有限。直到——王治国的死亡现场被发现。"

"我记得现场留下了大量证据，但又有些说不通的地方。"

"是的，现场存在矛盾之处。"

"矛盾之处……你指的是指纹吗？"

"对。在现场发现了大量马雪莹的指纹，但是作为凶器的烟灰缸擦拭过，完全没有指纹。如果马雪莹是杀死王治国的凶手，而且她已经想到要擦掉烟灰缸上的指纹，那为什么不索性将现场的指纹都擦掉呢？"

"嗯，当时我也觉得这一点很奇怪，但也许是她走得太急，来不及擦拭其他地方的指纹？"

方纹低着头尝试推理，却似乎不得要领，连她自己都不满意这个解答。

"可是只擦拭凶器上的指纹，不擦拭其他地方的，又有什么用呢？"

"那你说，为什么会出现这种情况？"

"因为马雪莹就没有擦拭过指纹。也就是说，烟灰缸上原本就没有她的指纹。"

说到这里周宇笑了，他想起就是从这里，他开始对某些之前认定的事实心生怀疑。

"这样一来，杀死王治国的人就不是她，真正的凶手，也就是'第三个人'，擦去了烟灰缸上的指纹。这'第三个人'到底是谁啊？"方纹有些气恼地问。

"我们从头来看。首先是七月十日，'第三个人'以马雪莹的名义将王治国约到他租住的第二间房子，而这个房间正对着马雪莹的儿子秦思明所租的房子。王治国很有可能一直在那里监视着秦思明，其目的正是寻找机会绑架他。但是'第三个人'，也就是主谋，知道了王治国的计划，抢先一步绑架了秦思明，并杀死了王治国。完成杀人之后，这'第三个人'离开案发现场，并带走了钥匙。第二天，也就是七月十一日，她将钥匙和指示一起快递给马雪莹，以她被绑架的儿子为要挟，让她进入案发现场，并将尸体处理掉。这样一来就在犯罪现场留下了马雪莹的指纹。这个主谋估计还暗中拍下了照片，作为下一步要挟的筹码。"

"这么看来，其实这'第三个人'的范围就能缩得很小了。"

"没错，想以马雪莹的名义约王治国出来，陆羽是最有可能办到的。王治国在'花语'公司见过陆羽,应该知道她是马雪莹的助理,陆羽跟他说什么,他也许都会相信。"

"的确如此。"

"另外,王治国岳母的银行卡收到了一笔来自马雪莹的汇款,我们查到这笔钱又被转到了另一个账户。转给了一个叫姜玉芬的东阳本地人。

"姜玉芬几年前患上了老年痴呆症,她没有能力实施整个计划。而她的女儿,正是陆羽。一切线索都指向她了。"

周宇看到花园里有一只颜色罕见的蝴蝶,正扑腾着翅膀在花丛间飞舞。将推理思路全部说了一遍,也帮他进一步确认各个细节,但其实他仍有一处无法理解,就是存在于王治国死亡现场的一处矛盾。其实问问陆羽或许就都清楚了,但她尚未苏醒。

旁边的方纹低声开口道:"是她啊。其实我对她印象蛮好的,那天去工厂还和她聊得挺投机,感觉她是个很上进的女孩。我不明白,她这么做是为什么呢?"

是啊,周宇也没想明白陆羽的动机,是为了患病的母亲吗?还是有什么私人恩怨呢?

最后,他站起身,丢下一句:"我去一趟宋迎秋毕业的大学。"

"啊?干嘛啊?"方纹吓了一跳,也急急忙忙地站起来,手里的饮料差点洒出来。

"咱们去看一眼宋迎秋大学时去东安镇拍的作业吧。"

24

马雪莹已经很久没有体会过这样的安心感了。也许是因为过去几十年的人生里她总是被追赶着，同时又在追赶着其他东西，她觉得自己一直在跑。似乎抓住了什么，但因为害怕那东西被人抢走，又不得不继续拼命地向前跑。

现在终于不需要再跑了。

她可以坐在这里，对着白色的墙壁好好休息。

她想回顾这几十年的人生，但越是近几年的记忆越是模糊不清，过去了很久的事反而每一个场景、每一句话都深深地刻在脑子里。特别是那些痛苦的记忆，都极度清楚。

比如那个下午，她从学校回来，像平常一样走进家门，正准备放下书包去帮忙干活，却被父母叫住了。

"你别去上学了吧。"

虽然早就料到父母会做出这样的决定，却没想到来得这么快。她感觉心里紧了一下。

"你哥在外地打工，准备娶媳妇了，得花不少钱。"

"我可以自己想办法借学费，不用家里掏钱。"这是她之前思考了很久想出来的对策，如果父母不让她上学，她就去找很喜欢自己的班主任借钱。她成绩很好，学校里的老师都说她能考上大学。

"不是你的学费的问题。你哥结婚，要好几万的彩礼呢。"

她好像明白了。

"你表舅给你介绍了门亲事，住在村东头儿开车跑货的老王，彩礼能给我们好几万。你们结婚以后，是出去打工还是在家带孩子，都随你。老王人也挺好的……"

后面父母说了些什么，全都没有进她的耳朵。

后来她听说班主任来家里找父母谈过，但父母死活不松口。几个月后，她在路上遇到了班主任，班主任显得很尴尬，带着遗憾的神情冲她点了点头，却没有跟她说话。

如果当初能继续读书会怎么样呢？或许真的能考上一所不错的大学，毕业后成为普通的上班族；或许会去大城市工作，认识一个普通男人结婚生子；或许会为了买房子的首付款或是孩子高昂的教育费而发愁；……总之，可能就这样过完普通而平凡的一生，像世界上的大部分人那样。

她伸出手，手指沿着墙上的裂缝轻轻地划过，那似乎就是命运中预留好的伏线，早晚有一天会全都牵扯出来。

还在思考命运的可能性时，耳边传来铁门被推开的声音。她的意识被拉回，看着眼前的白色墙壁和厚重的大门，马雪莹真切地意识到自己正被关在拘留所里。

对面坐着的男人她见过好几次了，是叫周宇吧？

她的记忆力超群，记人尤其厉害。相貌、声音，她都记得很清楚。小时候，她作为班委能背下全班同学的学号。后来做销售员时她也是靠着这项能力博得了用户的欢心，迅速记住客户的信息，就能更好地和他们套近乎。当时她的主要推销对象是儿女不在身边的老人,她能记住老人的爱好和性格,再投其所好,很快就能和他们成为朋友,再将他们口袋里的钱"骗"出来。能成为销售冠军,也许还得感谢这天生的记忆力。

周宇一直没说话,而是盯着马雪莹看。

她笑了笑,虚弱地说道:"关于王治国的案子你们还没查清楚吗?我说了我只是搬运了他的尸体,并且打伤了陆羽。"

方纹坐在周宇旁边,摊开笔记本,准备随时记录。

"不,今天不聊这个案子,聊聊你吧。"周宇开口道。

"聊我?聊什么?"

"你是什么时候开始怀疑陆羽的?"

"是从什么时候开始?"马雪莹下意识地重复了一遍这句话。她在桌子下面握了握拳头,之前被碎石劈裂的指甲刺痛了手掌。

她深呼吸了一下,下定了决心。已经没有什么需要隐瞒的了。

"最开始是因为王治国总能找到我,让我产生了怀疑。他不是只出现在公司楼下,有时还会出现在我和客户吃饭应酬的地方。一开始我以为他是从公司楼下一路跟踪我,于是开车出去的时候就注意了一下,但是离开公司的时候并没有人跟着。也就是说他知道我要去哪儿,直接在目的地等着我。而这么了解我行程的人,就只有陆羽了。从那时起我就对陆羽心生怀疑,不过那时我只是怀疑她向王治国透露了我的出行信息,并没有想得太深。后来我在王治国的死亡现场发现了一些粉色的粉末,一眼就认出那是我们工厂车间里有的,而头一天陆羽刚刚和我去过车间。还有……"马雪莹笑了笑。

"还有什么?"

"现在说出来也无妨了。我儿子被绑架后,我收到一封邮件,让我汇款到某个银行账户。我马上通过关系去查,发现那个账户属于王治国的岳母。我按要求汇了钱，没忘记一直关注那个账户的动向，我发现这笔钱后续又转了出去，转到了一个叫姜玉芬的人的银行卡里。"

"这些个人账户的转出记录你都能查到？"

马雪莹道："如果你知道我们公司每年和银行的往来金额，也许就不会太奇怪这件事了。"

周宇看了她一会儿，继续问道："好吧，然后呢？"

"公司里的每位员工入职时都要填写登记表，表上包含一些个人信息，陆羽是我的助理，我对她的印象也比较特别，她入职时就多看了几眼她的员工登记表。你可能知道我的记忆力很好，所以我记住了她父母的名字……姜玉芬，正是陆羽的母亲。"

周宇的确在马雪莹的采访中看到过她有过目不忘的特长，没想到居然在这种地方派上了用场。

"你说对她的印象比较特别，特别在哪里呢？"

马雪莹歪着头，似乎是在回忆当时的情景。

"也没有具体的原因，我只是觉得面试的时候她看我的眼神……有些复杂。那不是单纯的想获得这份工作的神情。但也许我正是被她的这一点所打动，所以面试完就马上录用了她。"

"那么，得知钱被转到她母亲的账户后，你问过她这是怎么回事吗？"

"我试探过，她的反应很奇怪。"

"什么意思？"

"我认为她只是因为家里缺钱或者其他什么原因而一时糊涂，所以我问她家里是不是有什么事，不管是什么事都可以对我说，她的反应很奇怪。她说没事，但表情不太对劲。我的工作就是和人打交道，对于他人面部表情的捕捉还是有一定自信的，所以当时我对她的怀疑就又深了几分。"马雪莹摇了摇头，继续道，"但后来发生了一件怪事，我又不确定了。那天我又收到了绑匪发来的邮件，可那时陆羽就坐在我旁边。我偷偷地瞟了她一眼，她没有任何异常，甚至没有拿着手机或电脑操作。我怀疑她是不是用了什么定时发送邮件的软件，但是仔细一想，真的有这个必要吗？只要在不开会的时候发送不就行了吗？"

马雪莹的眼神里流露出一丝疑惑，那是周宇从来没见过的。之前每次见面，她永远一脸坚定，就像在杂志封面上那样。

"现在回想起来……也许从进公司的那一天起，不，确切地说，是从来面试的那一天起，她就已经计划好了这一切吧。"马雪莹将手轻轻地放到桌子上，说道，"还有什么要问的吗？"

她觉得很疲惫，她也不知道自己这是怎么了，过去每天从早工作到晚，却从不觉得累，也极少感觉到年龄所带来的疲惫。然而最近这段时间，她感觉自己在迅速老去，才只是这么一会儿，就觉得有些疲劳了。

周宇说道："其实我想聊聊宋小春绑架案……以及宋远成的失踪。"

马雪莹原本松开的手又握紧了，她努力控制自己，不让脸上的表情发生变化。

"先来说说第一起案件吧。一九九七年，年仅一岁的女童宋小春被人拐走，其父宋远成很快收到一封信，并按信上的要求，将五万元现金放到了指定地点。但这之后就再也没有宋小春的消息了。我们通过笔迹鉴定，发现那封信应该是王治国写的。"

马雪莹的眼神微微有躲闪之意，尽管极其微小，周宇还是捕捉到了。

"那就是王治国绑架了宋小春啊，和我有什么关系呢？"

"先别急，我们再来说说宋远成。宋远成在女儿遭绑架并失踪几年后，毫无征兆地失踪了。前几天，我们发现了二人的尸体，埋的位置非常近，几乎可以判定是同一人所为。但是王治国在宋远成失踪当晚拥有不在场证明，这就怪了……"

周宇讲述时马雪莹一直沉默着，她的手指在桌面上轻轻地划动，像是在描摹什么图案。周宇停顿了一会儿之后又继续开口道："再仔细一想，为什么我们会这么顺利地发现绑架宋小春的人就是王治国呢？明明是那么多年前的案子，警方努力了很久都没破案，怎么就这么巧，既发现了尸体，又发现了绑匪。那是因为……有一份可以称之为铁证的证据，就是那封信。"

听到这里，马雪莹原本无意义划动的手指突然顿了一下，身体也明显僵住了。

周宇知道自己的这番话起了效果。

"有一个很简单的答案一直摆在我们眼前，但是因为它太简单了，我们就没有考虑过。"

"确实……"马雪莹低声附和着，"最愚蠢、最拙劣，但就是因为它太愚蠢、太拙劣，反而没人能想到。这实在是太可笑了，蠢到会让人怀疑真的会有人这么做吗？"

周宇笑了，他的猜测是正确的，他正是为了验证这一点才来找马雪莹的。

"的确，没有人会想到那封绑匪写的信是被转过一次手的。事实上，宋小春被绑架那天还发生了一起绑架案，我说得没错吧？"

马雪莹的手绷紧了，那是一段只要稍微回想就会让她感到浑身紧绷的记忆。

周宇继续说道："我们在秦思明的电脑里发现了一个文档，

他将自己最近这段时间的经历以及偷偷调查的结果记了下来。里面提到他觉得自己小时候被绑架过。是王治国干的吧？他跟着你投资了养老项目，将家里的五万元存款交给了你，但随后他妻子生病急需用钱。他向你索要多次却都没讨回那笔钱，于是，他想出了绑架你的儿子并进行勒索的计划。

"一九九七年，王治国拐走了秦思明，并将一封信放到了你家门口的报箱里。但我不清楚你怎么会知道当时宋远成手里正好有五万块呢？"

马雪莹抬起头来，动摇的神情已经从她脸上消失了，她又恢复了周宇所熟悉的威风凛凛的样子。

"周末的时候我会带思明去附近的免费公园玩，宋远成有时也会带他女儿过来。有一次，思明突然肚子疼，宋远成说他家里有药，帮我取了一些。那之后我们会偶尔闲聊，他说起不想再摆煎饼摊了，准备拿出五万块钱盘个临街的商铺做生意。还说钱已经准备好了，地方也选好了，还叫我以后带着孩子去光顾……"

周宇点了点头，之前没想通的部分现在也终于明白了。绑架宋小春的人应该非常了解宋远成的家庭情况，甚至知道他能拿出五万块，但警方对宋远成的社交关系进行排查后并未发现任何可疑人员，真相是这个人存在于隐蔽之处。

"你看过信之后，发现自己拿不出这五万，又突然想到宋远成说过的话。宋远成和你关系不算太熟，你认为日后他也很难怀疑到你身上。"

马雪莹深吸了一口气，当时的记忆就如同发生在昨天一般清晰，连摸到那封信时的触感都仿佛还能回忆起来。

"没错。就是这样。他甚至连我的名字都不知道。他说过平时都是他母亲中午带孩子来公园晒太阳，于是我就在那里等着。

小公园里人少，很难下手，不过好在孩子的奶奶又推着孩子去了菜市场，那里人很多。我趁着老人挤在人堆里买菜的时候，很轻易地就把那孩子抱走了……当时我的心脏都快跳出来了，万一被人发现的话我该怎么办呢？但是虽然害怕，我也必须那么做。"

"然后你又将你收到的信放到了宋远成家门口的报箱，宋远成看到信后，按照要求将赎金放到了指定地点。想必王治国收到钱后就把你的孩子送回来了吧？"

"是的，他把孩子放到了我家附近的一个小卖部门口。小卖部老板认识思明，马上来找我了。"

"那宋小春是怎么死的？"

"我把她抱回来之后就放到了床上，因为害怕她乱吼乱叫，就拿了块布堵住了她的嘴……我太紧张了，满脑子想着思明会不会被虐待，也就没去确认那孩子的状况。等我出门去放那封信回来，发现她从床上翻到了地上，嘴里还吐着白沫……我也不知道是怎么回事，可能是闷死了……"

"你是自己去把信放到宋远成家门口的吗？"

"对，现在想来，其实完全有别的办法的，但是当时我实在是太慌乱了，就愚蠢地把所有都复制过来了。因为害怕被人发现，我是半夜去将信放好的。"

"然后你是怎么处理尸体的呢？"

"我把她埋了。我恰巧知道附近有一处垃圾场，平时都没什么人，一瞬间就想到了那里。"

"当时你就没想过报警吗？"

马雪莹突然瞪大了眼睛，脸上平和的表情发生了剧烈的变化，五官扭曲了起来。周宇有一点吃惊，他从来没想象过像她这样的女人竟会露出这样的表情。

"怎么可能？！我的孩子还那么小，他还没有父亲，我自首了，我的孩子怎么办？谁来照顾？"

"那你想过别人的孩子吗？"

一阵短暂的沉默之后，马雪莹的神情又恢复了以往。"别人的孩子那不是别人要去保护的吗？跟我有什么关系？"

她面无表情，仿佛在说一件和自己完全无关的事情。

周宇看向旁边的方纹，后者点点头。接着周宇又问道："那说说宋远成吧，他是你杀的吗？"

马雪莹木然地开了口。

"那天他约我晚上在一个公园见面，上来就说他知道是我绑架了他的女儿，问我女儿现在在哪里。"

"他是怎么发现的？"

"说来也巧，那晚我是凌晨三点多去他家门口放的信，没想到被他们院子里的一个邻居看到了。但因为天色较暗，那个人没看清我的脸，所以当时他没有告发。然而，谁能想到这个人后来跟着朋友投资了我们公司的项目，他来我们公司听宣讲时……"

"认出你了？"

"他没认出我的样子，但我在紧张的时候手上会不自觉地有一点小动作。原本我是不会紧张的，但是那一天恰好有政府部门来我们公司检查，我就紧张了起来。他说是通过小动作认出我的。"

"然后呢，这个邻居把这件事告诉了宋远成？"

"应该是吧。"马雪莹扯着手指，有点心不在焉地说道，"当时我没有承认，他就从口袋里掏出一把刀，继续追问我。我很害怕，就推了他一把，没想到他摔倒在地，刀子也飞出去了。我想着如果就这么放他走，也许他会把这件事说出去，我就用掉在地上的刀子捅了他。"

说到这里她闭上了眼睛。

"然后呢？"

她睁开眼，无力地继续道："那天我开了公司的运货车，因为他约的地方离我比较远，我就是开车过去的。我把他的尸体塞进了车子，开到垃圾场，和宋小春埋在了一起。"

"你是故意要把他们父女埋在一起的吗？"

"埋宋小春时我没想太多，只是想赶紧处理掉尸体。至于宋远成，因为宋小春的尸体一直没被发现，我便认定那里是安全的。因此，我第一时间想到也可以如此处理宋远成的尸体。"

"你还记得那大概是晚上的什么时候吗？"

马雪莹想都没想就回答道："我开车的时候开着广播，有一档我喜欢听的节目是九点播出。开车过去的时候节目正在播，到了公园节目已经播完，想必至少十点了吧……"

周宇终于明白为什么宋远成的失踪会变成一桩疑案。从口袋中掏出的刀子，还有时间……是因为有人干扰，把从表面上来看绝对不可能的事变为可能。

"该说的我都说了，还有其他事吗？"马雪莹一副泄了气的样子。

"嗯，虽然不是关键问题，但我很好奇。"周宇站了起来，像是准备结束这段对话，"东安镇有人提到过，王治国曾经跟着你进行了五万元的投资，但是你们集团的账上并没有查到他的名字。他的这笔钱你用来做什么了？"

马雪莹笑了笑，无力地说道："原本我是真的忘记了，那天你们来过之后我又仔细地回想了一下，是当时有一个朋友告诉我有一支股票的内部消息，说跟着买就能赚到翻倍的利润，我就拿着王治国给我的钱去买了股票,本来想着赚了钱就填回到公司的账上,没想到赔光了。"说完她耸了耸肩。

周宇也笑了,没想到这笔追查了这么久的钱,居然是以这样一种方式消失的。

"我想休息了。"马雪莹淡淡地说道。周宇点点头,默认这次谈话到此结束。

马雪莹站起身,周宇像是突然想起了什么一般走到她旁边,小声说了几句话,对方马上露出震惊的表情,呆呆地瞪着眼前的刑警。

25

李婉给宋迎秋发了条微信,让她最近再回家一趟。她有种预感,自己没有太多和女儿见面的机会了,也说不上是为什么,只是最近这种感觉越发强烈。

虽然她和女儿的关系一直算不上亲密,但对于女儿的心理变化,她总能敏锐地察觉到。

她敢说女儿生病时她比任何人都要着急,女儿考上大学的那一天她比任何人都要高兴,那种喜悦甚至超过了她自己人生中所有快乐的时刻。

不,确切地说,她的人生中并没有什么快乐的时刻。她努力地回忆过往,发现记忆中带有喜悦情绪的场景竟然全部与女儿有关,没有一例是完全属于自己的。

这该说可悲还是可笑呢?

电视上播放着电视剧,她并没有认真在看剧情。只是自己一个人在家,如果不打开电视让房间里有点声音,那种安静就会让她浑身不适。

就在她盯着电视机出神,脑子里却想着其他事时,手机响了,是宋迎秋的回复,只有一个"好"字。

李婉顺手打开手机里的备忘录,记下一会儿要买的食材。她打算做排骨豆角和红烧鱼,但事实上她并不确定女儿喜欢吃什么。记忆中女儿从不挑食，不管她做什么都会吃下去，因此她也从来没认真思考过女儿到底喜欢吃什么。

想到这里，她又打开微信，输入"你想吃什么，给你做"，但还没发出去，就听见了敲门声。

她放下手机走去开门，门外站着之前来过的两位警官。

周宇和方纹走进屋里，李婉本想去倒水，却被周宇拦住了。

"李女士，咱们直接切入正题吧。关于宋远成失踪一事，我们有些问题想再问问你。"

李婉点了点头，坐在了餐桌边的椅子上，并将电视关掉了。上次见过面之后她就做好了心理准备，她知道这一天早晚会来的。

"宋远成失踪当晚，你说你是晚上六点多回家的，是这样吧？"周宇开门见山地问道。

"是的……"

"但是当时你已经知道宋远成去哪儿了吧。"周宇盯着她。

李婉抿了一下嘴，但她的眼神却没有什么变化，周宇知道，她已经做好了心理准备。

"为什么这么说呢？"

"你女儿宋迎秋曾经找到我们，说宋远成失踪前一晚你有些奇怪。她提到了一个细节，说原本每天晚上新闻节目结束之后，你都会换到电视剧频道，但是宋远成失踪的前一天晚上你却没有像平时一样换到电视剧频道，而是一直停留在新闻频道。"

"可能只是忘了换台吧。我不记得了。"李婉摇了摇头，仿佛对这件事全无印象。

"我有一个猜测，说来你听听。宋远成和绑架他女儿的人约好了第二天见面，所以那天你没换频道，重点不在于'为什么那天不看电视剧'，而是在于'为什么要停在新闻频道'。那是因为，新闻频道有你想看的内容。"

"是吗……"李婉依然没有任何表情，似乎周宇说的一切都与她没有关系，她只是在聆听别人的故事而已。

过了片刻，李婉稍微抬起头来，看着周宇说道："我不记得自己做过这样的事。"说罢露出勉强的微笑。

"的确，我想那只是下意识的行为，连你自己都不曾注意。只是没想到女儿留意到了，并且一直记在心里。"周宇用手敲打着桌面，顿了片刻才又说道，"你想看的是新闻之后的节目，对吧？"

"我真的忘了，抱歉。那我到底想看什么呢？"李婉无力地笑着。

周宇突然觉得有些好笑，面前的当事人或许是真的忘记了，但她的女儿却记得非常清楚。

"你想看的是新闻节目后定点播出的天气预报。"

"啊……"李婉露出释然的表情。

周宇进一步解释道："你知道宋远成第二天要去做一件非常重要的事，便下意识地关心起了第二天的天气。这是潜意识的举动，你不放心，留意着这件事。"

"也许吧。遇到重要的事情时，我确实会去留意天气情况。"

"那么，问题来了。宋远成第二天是要做什么呢？"

李婉张了张嘴，但没有出声。

周宇往前探了探身子，说道："我希望你能坦白地告诉我们宋远成那一晚是要去干什么。你肯定知道他那天要去见某个人，并且准备做什么，所以才会格外留意第二天的天气。"

但李婉始终低着头不发一语。最终还是周宇受不了沉默，又开了口。

"当时的你一定非常担心,因为你知道宋远成要做的事很危险,不论成功与否,他都有可能不会回来了。"

周宇说完又盯着李婉。李婉终于动了动,微微地眯起眼睛,像是暗暗在下决心。终于,她开始了讲述。

"他和我说他知道绑架小春的人是谁了,并约对方出来说清楚。他心里还抱着一丝希望,觉得小春或许还活着,哪怕只有百分之零点零一的可能性,他也想问清楚。"

"我能理解宋远成的心情,可事到如今再去见绑匪,不是很危险吗?你为什么不阻止他呢?"方纹有些不解地问道。

"因为……如果换成是我的孩子出了那样的事,我也会做出一样的选择。"

李婉抬头看着方纹,坚定地说着,发现对方依旧有些疑惑,就又说了一句。

"警官,你还没有孩子吧?只有没孩子的人才会问这种问题。"

方纹抿了抿嘴,一脸无奈。的确,单身的她说出的话在这个经历了这么多的女人面前显得毫无分量。

周宇清了清嗓子,把话题拉了回来。

"更重要的是,你不仅前一天特意关心了天气,第二天,你还做了一些事,没错吧?"

李婉又低头不语了。

"我就直接大胆地猜测一下吧。案发当天,公园里面的监控拍到宋远成于晚上八点十五分离开。当时警方觉得既然拍到宋远成八点多就离开了公园,那么接下来调查的方向就应该转为他离开公园之后的去向,而没有再去关注公园内的情况。"

"其实我们已经抓捕了杀害宋远成的凶手,据她本人交待,作案时间是在晚上十点以后。很奇怪吧，为什么晚上十点死去的人，监控录像却显示晚上八点十五就离开了现场呢？"

"为什么呢？"李婉依旧低着头，喃喃地重复着这句话。

"有一种可能，那就是有人假扮成他的样子，于八点十五分离开了公园，而这个人……就是你吧？"

李婉没有否认的意思，她伸出手摩挲着杯子，像是在思考着什么。

"宋远成的计划里一直有你的角色。他早就想过也许需要做无法挽回的事，为此，他设计了一个小小的、且有些拙劣的诡计。就是让你提前进入公园，当然，你需要进行伪装，不能被人认出来。之后宋远成再大大方方地走进公园，会不会被摄像头拍到都无所谓。然后，八点十五分左右，你在公园的洗手间里换上和他一样的衣服，装成他的样子，离开公园，最好确保被摄像头拍到。宋远成则继续待在公园里……当时是晚上，监控摄像头安装的角度只能拍到进门人的脸，出门的人就只能看到背影。你靠围巾、增高鞋垫，以及刻意模仿出来的走路姿势，成功伪装成宋远成，制造出他于八点十五分离开公园的假象。搞不好就连他摔坏了左腿这件事也是计划中的一环吧，这样能让他走路的姿势更有特征，便于警方确认八点十五分从公园里走出来的人就是他。"

李婉依旧没有吱声，只是静静地听着。

"当然，这个拙劣的诡计非常容易被识破，如果宋远成当时的身份不是失踪者，而是犯罪嫌疑人的话，警方百分之百会怀疑这段监控录像。但大家都认为加害者才会千方百计地使用计谋来掩盖事实，作为受害者没有必要这么做，而这次，警方是被受害者使出的诡计误导了。但只要理清了他这么做的动机，一切就变得非常合理了。"

"没错……"李婉呆呆地点了点头,抬起头来,眼中湿润,她说道,"警察同志,你应该也已经猜到我一直没有说出真相的原因了吧?"

"嗯,宋远成当天是抱着'杀人的意图'前去赴约的,他是想让你帮他制造不在场证明。可是,为什么呢?"

李婉轻轻咬住嘴唇。

"是……因为他,从来就没想过还会回来。"

"我猜测宋远成的计划是,杀死马雪莹之后就在公园里等着,等到第二天人多起来之后,换上提前藏在某处的衣服,混在人群中出来。再然后呢,也许是找个没人的地方自我了断?总而言之,不管用什么方法,此行他的目的只有两个:第一,当然是找马雪莹问出女儿宋小春的情况,如果女儿已遭不测,他就要复仇。第二个,则是希望掩盖自己杀人的事实……可是,为什么呢?为什么一个已经决定要死的人还要制造不在场证明呢?"

"老宋已经做好了最坏的心理准备。他唯一不放心的,就是会不会暴露。"

周宇松了口气,看来真相果然和他所想的一样。

"他不希望暴露事情的真相,因为他不想让宋迎秋成为'杀人犯的孩子'。所以他也向你提出要求,那就是'不管结果如何,都不能说出真相'。你确实照办了,你独自生活了这么多年,明明知道丈夫失踪的原因,却一直没有说出口。"

李婉一直交握着的双手终于松开了,这个秘密在她的心中埋藏了太久,如今真相揭开,她反而感到不知所措。

为了这个秘密,女儿对她心生怀疑,甚至找到警察"告发"。为了这个秘密,她眼睁睁看着母女关系出现裂缝,裂缝又在长时间的撕扯中渐渐扩大,变得难以愈合。

李婉轻轻叹了一口气。可是，如果让她重新来过，她多半也还是会做出和之前一样的选择吧。

沉默笼罩了这个小房间，周宇觉得这沉默像有重量，也许就是这几十年时光的重量，全都压在面前这个瘦小女人的身上。宋远成当年那样做到底值不值，周宇在心里默默问自己，但又觉得如此思考的自己太过狂妄，父母与孩子之间的羁绊不是他该妄图衡量的。

李婉沉思了许久，之后长叹一声，无力地说道："警察同志还有什么要了解的吗？"

方纹看了看周宇，得到首肯后她掏出手机，点开相册，找出陆羽的照片，拿给李婉看。

"你认识这个人吗？"

李婉看了一会儿，摇了摇头。但过了一会儿又歪着头补了一句："不对，好像在哪里见过……啊，我想起来了，她是……"

十分钟后，李婉送走了周宇和方纹，她重重地坐在沙发上，突然想起警察来之前似乎正要做一件十分要紧的事。但是现在她却想不起来刚才是在做什么了。

于是，那条要发给宋迎秋的信息就永远没有发出去。

26

宋迎秋从陵园回到家时已经是下午四点多了。

最终,她没有和母亲再商量,就自己做决定买下了一块墓地。那块墓地比她之前看中的要稍微贵一些,根据工作人员的说法,这块地的"风水"要好一些。虽说价格稍微超出了她的预算。

原本母亲说要再给她打一笔钱,但后来可能是忘了,她也就没向母亲要。因为她终于想起在家里发现的那把小钥匙是用来开哪一把锁的了。

是父亲失踪前送给她的日记本,上面有个小锁。

那时电脑和手机还没有普及,中学生都喜欢用这种能上锁的日记本写日记。父亲给了她日记本,却没把钥匙交给她,只是嘱咐她要好好保存本子。

没过多久,家里便发生了一连串的变故。不过每次搬家她都小心地把这本日记本收好,也没有尝试着强行打开它。她心中隐隐地感觉到,总有一天,钥匙会回到自己手中。

现在看起来,日记本封面上的图案已显得颇为过时,但在当时却是最流行的漫画风格。

宋迎秋用钥匙打开日记本,翻了两遍,发现全是空白,没写任何内容。她原以为父亲会写下一些关于失踪的事,又或者是什么必须要等她长大之后才能告诉她的秘密。但是她翻完整本日记，发现里面全部都是空白页。不过最后几页里夹着一个白纸包，打开是一张银行卡。再把白纸包展开，上面写着短短的一句话。

密码是你的生日。
对不起，爸爸不能陪你去游乐园了。

她觉得一阵眩晕。和宋远成一起生活的那段日子，她怀着无聊的倔强一直喊他"叔叔"，总以为未来有得是时间改口。没想到，关于未来的美好想象就那样毫无征兆地被斩断了。

为什么……当时的自己没能鼓起勇气呢？

宋迎秋拿着银行卡去附近的ATM机查了一下，里面有三万元存款。她知道父亲购买新房时将积蓄全部投了进去，她实在是无法想象，父亲又是从哪里省出了这笔钱。不过加上这笔钱，就可以买下那块风水更好的墓地了。

可以休息了。

她躺在床上，感到久违地放松。这时突然响起了敲门声。宋迎秋起身去客厅开门，出现在门口的是她见过的两位警察。

"宋迎秋，不，也许应该叫你过去的名字，肖磊。"男警察这么说道。

是从什么时候开始舍弃了那个使用了十几年的名字呢？

"想要改变命运，就要先改变名字。"

大学毕业那年的假期，她和同学去学校附近的一处景点玩，山上有一座寺庙，同学们都去上香拜佛，只有她兴味索然。无神论者的她一直认为，如果世界上真的有神，就不会赋予每个人如此不公平的人生。

百无聊赖的她走到一边看山上的风景，这时旁边有个算命先生说道："小姑娘，你命不好啊。"

她从来不搭理景区里的算命先生，但不知道为什么，对方的一句"你命不好"，似乎击中了她心中的要害之处。

她停下脚步，算命先生像是看准了一样继续跟在她后面说着。

"命不好，但是可以改啊。你信不信？"

"怎么改？"

她有了些兴致，或许当人处于无力改变生活状态的情况时，就难免会产生想要求助于神灵的心态。

算命先生把她扯到摊子边，摇了摇手，叽里呱拉地说了一堆有的没的。她听不懂，却像着了魔一样认真地听着。

"改个名字吧，你命里缺火。"最后算命先生这样说道。

思来想去，最后她想出了宋迎秋这个名字。用秋天去对应春天，如果宋远成知道了，应该会高兴吧？

说起来，肖磊这个不像女孩子的名字是怎么起出来的呢？据说生父的朋友给了他一剂偏方，说保证能生男孩，家里便按照男孩取了名字。出生后却发现是女儿，但也懒得再重新想名字了，便就这么叫了。

她就这样带着一个给别人的名字长大了，她觉得也差不多是时候丢掉它了。

母亲与宋远成再婚时她就知道宋远成有过一个女儿，被绑架之后就再也没找到了。但是当时的她还没能完全理解那起事件的重要性。

之后她偶然发现，深夜母亲睡着后，宋远成会独自坐在桌边，借着昏暗的台灯，仔细地研究着什么东西。有一次她偷偷地看，看到宋远成将一张纸小心翼翼地收好，塞进了书桌的抽屉里，然后叹着气关上了灯。

她产生了强烈的好奇心，宋远成在偷看什么东西呢？

于是，有一天她趁父母不在家的时候，打开了那个抽屉。抽屉里有几张银行存折、一点点现金，以及一些证件。不过很快她就在那堆证件下面发现了一个黄色的信封。她有一种强烈的预感，宋远成的秘密就藏在这个信封中。

她颤抖着打开信封，里面是一张字条，已经被翻看得有些旧了。纸上的字迹应该是复印的，内容让她难以理解。

看上去像是一封简短的敲诈勒索信。

不过她很快就明白了，这是宋远成的女儿被绑架时他收到的勒索信。宋远成一直保留着它的复印件，并且没事儿就拿出来看，一定是试图从中找出蛛丝马迹。她将那张字条仔细地看了几遍，没有发现任何特别之处。那就是一张普通得不能再普通的字条。

那天之后她又趁父母不在时打开抽屉去偷看过几次那张字条，她自己也说不清为什么要这么做。尽管家庭关系非常融洽，但她还是偶尔能感觉到这个家里有一根刺，在隐隐地提醒着家里的每个人，不要忘记还发生过这样一件事。

有一次，她打开字条后照着临摹了起来，她也说不上是为什么，可能只是想通过这样的方式与那段过去的事产生联系。没想到这一行为却为她后面的人生埋下了一个重要的伏笔。

后来宋远成失踪了，她也渐渐地忘记了这张字条。直到大学期间，她和几个同学一起去东安镇拍摄作业，视频中拍到了一个小超市的老板。近距离拍摄这位小超市的老板做记录的画面时，对方的笔迹和她大脑深处的某一画面重合了。

是家里那张字条上的字……

最开始她也不敢相信这个巧合，是这个人吗？她询问身边的人，查找各种资料，但是这个叫王治国的男人和一辈子待在东阳市的父亲似乎没有任何交集。

但她仍不放弃，她借着拍摄纪录片之名多次前往东安镇，不停地和王治国聊天，还给他送东西，终于打听到他曾跟着一个叫马雪莹的人投资，五万元打了水漂的事。五万……这正是那封信上的赎金金额，这是不是过于巧合了呢？

她对王治国的怀疑又加深了几分，也许是急需用钱，家里的存款又都拿去投资了，他才去绑架了宋小春。以这阵子对王治国的了解，她毫不怀疑，这就是他会做出来的事。但是远在东安镇的他是如何选中宋小春这个目标的呢？她还是想不通。

不过幸运的是，王治国似乎根本就没把这件事放在心上，一次闲聊时，喝了些酒的他炫耀般地说起自己曾绑架过别人的孩子。那时她几乎失了态，她记得自己抓着王治国，逼问他到底绑架了谁的孩子，那孩子又去了哪里。如果有人拍下那时的照片，她一定凶神恶煞、双眼通红吧。

然而王治国笃定地说绑的是骗走他积蓄的马雪莹的孩子，成功拿回五万块钱后他就放了那孩子。无论她怎么逼问，对方都没有改口。

可他写的勒索信又怎么会跑到宋远成的手上呢？

她想了很久很久，恨不得把从小就喜欢的侦探小说里的方法都想了一遍，最后想到了一种可能性——会不会是马雪莹在得知自己的孩子被绑架之后，又将整个绑架过程复制了一遍，去绑架了宋远成的孩子？

另外她频繁前往东安镇的时候还发现了一件奇怪的事情，是偶然打听到的，虽然不知道有没有用处，但她姑且还是将这件事记在了心里。

但这一切只是猜测，想要摸清楚整个事件，就必须找到马雪莹询问。这到底要怎么做呢？

她转而开始调查马雪莹。发现马雪莹的儿子秦思明和自己差不多大，也在读大学。似乎是为了出国做打算，秦思明报了一个英语辅导班。她马上也去报名，却得知已经报满了。她找到辅导班的销售，找了各种借口，费尽口舌挤进了那个班里。

她很快就和秦思明成了朋友。

和秦思明的相处非常愉快，假如不是带着目的性，也许她真的会和秦思明成为知己。正当她有些犹豫要不要继续的时候，有一次秦思明和她一起出去吃饭，走在街上时他突然指着一个街心公园说小时候他母亲经常带他来这里，他还记得有一个叔叔给过他几次糖。有一次突然肚子疼，那个叔叔还专门回家拿了药。

秦思明回忆着往事说着："你小时候吃过一种柠檬糖吗？不常见，但特别好吃。小时候我牙不好，我妈不让我吃糖，那个叔叔拿给我吃的那种柠檬糖酸里带甜，特别好吃。可惜现在都没的卖了。"

这一刻，她百分百确定了，马雪莹一定与那起绑架案有关。

而且……很有可能就是马雪莹杀死了宋远成。

可是，要如何证实呢？

关于这一点，她又思考了很久。

报警？时间过去这么久，警方能管吗？关键是她手中没有能够证明对方犯了罪的证据，一切全都建立在假设之上。

而且如果只是判刑入狱，那未免也太便宜她了。

有没有什么其他的办法呢？

宋迎秋迟迟没有想好该怎么办，而命运再次给了她灵感。

一个周末，天气很好，宋迎秋突发奇想去家附近的一处绿地散步，发现一个女孩子拿着一把小铁铲在地上挖着什么。

"你在做什么？"她有些好奇地凑上去问。

"我要把我的猫埋在这里。"女孩低头挖着土，旁边的地上放着一个塑料袋，隐约可以看出里面装着一只田园猫，应该已经死了。

"为什么要埋在这里？"

"我小时候家里也养了一只猫，后来猫死了，爸爸就带我把猫埋在了这里。我想……两只猫如果埋在一起的话，它们也能作伴吧。"

原来如此，这一刻，宋迎秋突然产生了灵感。

如果有人成功地掩埋过一具尸体，那么，当她需要处理第二具尸体时，是不是也会选择同样的做法呢？

也就是说，如果让对方再做一次"处理尸体"的行为，也许就能发现她之前是如何处理尸体的了？

这个想法让宋迎秋浑身战栗。虽然疯狂，但是对她来说颇具说服力与诱惑力。她无法控制这个念头在大脑中不断地发展。

只要让马雪莹再去"处理一次尸体"，也许就能知道她将宋远成埋在哪里了。

可是，说起来容易，尸体并不会凭空变出来。想让马雪莹去处理尸体，就必须先找到尸体。

利用王治国怎么样？想办法杀死王治国，再让马雪莹去处理王治国的尸体，只要自己偷偷跟着，就能知道她是怎么处理尸体的了。

还有两个问题。

一是要怎么杀死王治国。想办法让马雪莹动手吗？不，等一下，还有更好的办法。虽然更复杂，但确实有值得尝试的价值。

接下来就是第二个问题，杀死王治国后又该如何让马雪莹去处理尸体呢？

最简单的方法就摆在眼前。

以其人之道还治其人之身。

如果绑架秦思明，就能要求马雪莹做任何事情。

当然，实施之前她做了大量的准备。那不是一朝一夕，甚至不是一个月或者几个月的准备，而是以年为单位计算的。现在回想起来她自己也有些震惊，竟然真的准备了这么长时间。

第一颗棋子是秦思明。

他被母亲保护得太好了。但她也从聊天中得知，母子俩沟通很少。于是她简单地利用了几份快递送去绑架案报道、阴森的照片和视频，让秦思明自己对身世和母亲产生怀疑。

当然也包括招待所里的那一出戏，那是她亲自利用周末去东安镇演的。原本她还担心戏剧效果不够，没想到在东安镇的野山坡上发现了一块墓碑，她使用了小小的"诡计"，把它变成了重要的道具。

这么做的目的只有一个，那就是让秦思明搬到她所租住的房子里。

秦思明的防备意识很强，认识几年了也没向她透露自己的住址，每次见面都会约在公共场合，这让她很难下手。思来想去她想到了这个办法：打破秦思明的日常生活。用装神弄鬼的办法把他的心理防线击破，再让他住到自己租住的房子里。为此，上一位租客离开时，她就把隔壁房间也一起租了下来。

绑架秦思明后,她把他弄到了隔壁房间,为了防止产生烦人的麻烦,她平时只给秦思明一点水和一些巧克力,维持他的生命。并且大部分时间都给他服用安眠药,让他安静。但也有安眠药渐渐失效的时候,秦思明就会疯狂挣扎,摩擦墙壁的声音总会传过来,搞得她心烦意乱。

第二颗棋子是王治国。她装成内部人士告诉王治国,马雪莹当年把他的钱挪为他用,如果正常投资了,绝对可以赚一笔。又怂恿王治国向马雪莹索要妻子病逝的精神损失费,王治国完全听信了她的话。

在她的安排下,王治国在东阳市租下了两套房子。一套是自己平时居住的,另一套则是用来监视秦思明的。这都是她的建议,如果直接威胁马雪莹无效,那么通过她的儿子或许就能达到目的。王治国也的确如法炮制。

接下来是真正的重点。她将秦思明的一撮头发、一件随身物品和一张纸条一起快递给了马雪莹,纸条上只写了一句话——大海和河水的颜色是绿的。

秦思明曾把这件事当成童年趣事讲给她,说自己小时候错误地认为大海和河水是绿的,上了小学才调整过来。他还强调说这事只有母亲知道。

果然,马雪莹收到后没有一丝怀疑,相信了秦思明被绑架的事实。

然后她通过电子邮件让马雪莹准备五十万元,汇到指定账户。这么做并不是为了要钱,而是另有目的。

接下来,她在七月十日将王治国约到他租下的第二套房子,也就是用来监视秦思明的地方。她事先在饮用水中下了安眠药,骗他喝下。之后趁他熟睡,用烟灰缸击打他的头部。确认王治国已死，她将尸体留在原地，并留下了一个行李箱，又做了一些准备工作。

离开后她将地点发给了马雪莹，要求她利用房间内的行李箱带走尸体并处理掉。还威胁她如果尸体被警方发现，就要"撕票"。有了秦思明作为筹码，她相信马雪莹一定会照做。

果然，躲在暗处的她很快就看到了匆忙赶来的马雪莹。她盯着对方将行李箱带出小区，装进了车子的后备厢。

马雪莹带着行李箱在城里转了几圈，不过这也并不影响她对其行踪的掌握，因为行李箱的暗袋里放入了一只小小的定位发射器。

天色暗下来之后，定位在偏远的南区某处停住了。宋迎秋按捺住紧张的心情，挨到凌晨，做好准备后才赶去那个地方。行李箱被扔在南区的一处垃圾场，四周十分空旷。宋迎秋在行李箱旁边发现了王治国的尸体，上面薄薄地盖了一层土，她鼓起勇气用戴着手套的手拽出尸体的手，让一截手指露在泥土之外。

接下来只要等着尸体被发现就好。

如果一直没人发现，就等一阵子打匿名电话报警。

宋迎秋一边回忆一边说着，毫无隐瞒之意。

房间很小，三个人待着显得很挤。宋迎秋坐在床上，方纹和周宇就站在旁边。

她所说的和两位警察之前所想到的没有太大差异。前几天两人去大学找到了那份学生作业，并在里面看到了王治国，那时，周宇就想通了这一切。

"我认为你没有撒谎，但仍有几个疑点想请教你。"

"什么？"

宋迎秋抬起头来看着他，声音没有任何起伏。

"为什么马雪莹会认为是陆羽绑架了她的儿子呢？"

"这一点你们没猜到吗？"宋迎秋挑衅般地说道。

"我确实有些猜测，但如果真是那样的话，你未免也太厉害了吧。"

宋迎秋笑了起来。"周警官，如果你也花好几年时间来策划一件事，估计你也能做到这种程度。"

"其实一开始我们也认为杀害王治国和绑架秦思明的人是陆羽。原因有几点：第一，马雪莹收到勒索邮件后，往一个账户汇过款，这个账户属于王治国的岳母，但实际是他本人在使用。但是后来这个账户又将五十万元转到另一个账户，这个账户属于户籍在东阳市的一个叫姜玉芬的人，我们查出姜玉芬是陆羽的母亲。第二，王治国好几次出现在马雪莹陪客户的地方，而知道她每日行程的人，只有陆羽。第三，我们在杀人现场发现了一些粉色的粉末状物质，那是'花语'公司的产品，去过生产车间的人身上都会沾一些这种粉末，而头一天陆羽恰好去过车间。最后一点，马雪莹自己也认为，要绑架秦思明，就必须对秦思明的生活比较熟悉才行。陆羽和秦思明认识，如果陆羽要求秦思明做什么，也许秦思明也不会有戒心。大部分类似的案件都是熟人作案。结合这几点，似乎陆羽就是绑匪。"

"的确没有必要这么麻烦，但是……"宋迎秋做作地歪了歪头，"我想看上去更自然一些，不要太刻意，这样才不容易引起你们的怀疑。"

"说说你是怎么做的。"

"首先是银行卡，这一点是最麻烦的，但也不是做不到。大学期间我特意找了一份推销银行卡的兼职，并且申请到了姜玉芬生活的片区。我趁她一个人在家时去向她推销银行卡，告诉她开卡就能送礼物，并向她诉苦说我一个礼拜都没有推销出去一张卡。她是个心软的人，就在我的推荐下开了一张卡。"

"难怪，这张卡是好几年前办的吧？"

"没错。幸运的是，她开了卡。不过就算这么做不成功，我也还有其他方法弄到她的账户信息就是了。"

"现场的粉色粉末倒是简单，只要找个理由让厂房的工人帮忙弄出来一点，在做案后洒在现场就可以了。因为你要误导的并不是警方，而是马雪莹……但是关于马雪莹的行程问题我始终没有想明白，你到底是怎么了解到她的行程的，甚至清楚地知道她会在何时何地约见客户。我甚至一度考虑过陆羽会不会是你的同伙。"

"但是现在想必你已经知道了吧。"宋迎秋毫不在意地笑了笑。

"是因为你母亲认出了陆羽，疑问才终于解开。"

"啊……"宋迎秋松驰的表情突然绷紧，随后又露出释然的姿态。

"你母亲说她见过陆羽，就在你的住处。"

其实宋迎秋从来没有刻意隐瞒。她租的这个房子总共有三个房间，一间属于她，一间属于陆羽，剩下的一间原本住着一个男生，退租后她便租了下来，用来安置秦思明。事先连她自己都没想过，这样一个合租屋里竟然容纳了这么多这出戏里的主要角色。

"原来如此。我知道你们早晚会发现，但没想到居然是以这样的方式……没错，除了秦思明和王治国，陆羽就是我的第三颗棋子。"

这是宋迎秋整个计划中最为大胆的一步，但是警方偏偏没有及时发现。首先，宋迎秋在户口本上登记的地址是李婉那边的住处；其次，她很少带生人来租屋这里，那次与周宇和方纹见面也是约在公司楼下。她曾经考虑过警方会不会去陆羽租住的地方询问，但那样的话，她只要一直躲在房间里不出来就好。

"你是怎么找到她的？"周宇问道。

"我跟踪了陆羽一段时间，找到了她租住的地方，这种合租房流动性很大的，只要等合租房中的一位解约，我就可以装成租房的人搬进来了。我在附近找了一家中介，提出自己的条件，当然，我的条件就是按照这套房子提的，中介很快就带我来看了房，马上就签约了。

"和陆羽成为室友之后机会就多了，我是趁她洗澡的时候进她的房间看了她的手机。她的手机密码是她母亲的生日。平时洗澡的时候她都不会锁门。还有啊，她的那个手机日程软件有PC版本，我在电脑上下载了PC客户端，再用她的账号密码登录，这样就能随时查看马雪莹的日程了。"

周宇哑然，宋迎秋竟然做到这种程度，这让他惊讶。

"我能问个问题吗？我很好奇你们是什么时候发现……我的……"宋迎秋抬头看着他们，眼神略显挑衅。

"是现场告诉我的。"周宇笑了，"是你对现场的布置。王治国的死亡现场可以说是我见过的最没有章法的死亡现场。"

"为什么呢？"

"现场留下了大量马雪莹的指纹，但凶器上的指纹却被擦拭过了，这让我很疑惑。如果马雪莹是凶手，她不可能只擦拭凶器上的指纹。于是我开始设想马雪莹不是凶手，只是承担了'搬运尸体'的工作这个可能。"

"然后呢？"宋迎秋的表情就像等待学生说出答案的老师一样。

"可如果这么想的话，就引出了一个重要的问题，凶手为什么要这么做？是出于某种原因无法自己处理尸体吗？可是，以人质来要挟他人处理尸体，这样的操作更加复杂，因此一定有别的原因。这时我想到了在现场发现的粉末状物质，如果说那是凶手刻意留下的，那么凶手一定是想误导什么。最开始我认为这是凶手想要误导警方，让警方去怀疑马雪莹。但若想嫁祸马雪莹，凶手大可以通过某种方法让马雪莹在烟灰缸上留下指纹，这样岂不更直接。"

"的确，指纹是最不重要的一环。"宋迎秋肯定般地笑了起来。

指纹是最不重要的一环，周宇也是在想到这一点时，看到了整个案子真正关键的部分。

"想到这一点后，我意识到凶手的目的并不是要误导警方，而是要……误导马雪莹。因为去过现场的马雪莹能直观地看到现场的遗留物，但无法检测指纹，因此，你没有对指纹进行任何处理。也就是说，你要欺骗的人，从头到尾都只有马雪莹。"

这次宋迎秋没有说话，她苦笑了一下，低下了头。

周宇知道自己说对了。

但他还有一点没有想通。

"你的目的是想让马雪莹错认为，绑架秦思明并杀死王治国的人是陆羽。同时你又把陆羽叫到了现场，这又是为什么呢？"

宋迎秋站起来，走到窗边向外望了望，半晌后说道："周警官，如果法律不能惩罚一个犯了罪的人，该怎么办？"

自白

我喜欢看鸟儿自由飞翔的样子。

小时候，我做过很多个梦，我想要周游世界，想要成为大明星，想要成为才华出众的艺术家，想要成为博学强识的学者。

然而，随着时间的流逝，这些梦一个一个地破碎了。到了中学时代，我终于意识到自己也许只是个平凡的人。

我不过是一只飞不起来的鸟儿，哪怕我的名字中带有对于飞翔的希冀。

转变发生在大学时代。父母生我时年纪都比较大了，我上大学时母亲患上重病，她把我叫到医院的床头，对我絮絮叨叨地说了很多，一会儿交待我将来要做个老实人，一会又谈起希望我找个什么样的对象。我听着，但心早就飞了。而她突然露出一副欲言又止的样子，犹豫了半天后说："小羽，有一件事，也该告诉你了。"

听到这句话时我心里紧了一下，我莫名有一种预感，接下来她要说的话会对我的命运产生重大影响。

"其实你……不是我们亲生的。"

那一瞬间的感觉很奇妙，物理上我的耳朵确实听到了这句话，大脑却完全无法理解这句话的含义。

后来，我从父亲那里得知了这句话的意思。原来父母一直没有孩子,有一天,一位"朋友的朋友"告诉他们有办法领养到健康的孩子,只是需要一点"手续费"和"营养费"。父母当时想了想,决定去领养。整个领养过程他们都没有与我的亲生父母见过面,连中间人都没见过,一切都是通过"朋友的朋友"经手。最后,父母以两千元的价格获得了我的抚养权。

我的父亲是一位老师,他通过过去的学生为我办理了出生证明等手续。之后便将这个秘密封存了起来。

大学我是去省城读的,毕业后回到了东阳,开始照顾生病的母亲。就在这段时间,我突然想知道自己的亲生父母现在正在做什么。

一开始我只是怀着打发时间的心态来调查这件事,但其实内心深处,我知道我的动机是什么。

因为我渴望着自己身上存在哪怕一点点不平凡的可能性。万一我的亲生父母是某个领域的专家,或是某种特别的人呢?那我是不是也会变得不平凡一点点?

我甚至会幻想亲生父母也许是了不起的有钱人,找到他们之后他们没准儿会送我出国深造……当然,我心里也知道这种可能性微乎其微,但内心就是抑制不住那股冲动,就像是长有羽翼的鸡总想要振翅高飞。

我拐弯抹角地打听,总算找到了那位"朋友的朋友"。一开始对方死也不肯透露任何信息,不过在我的死缠烂打之下终于松了口。

半个月后,我来到了东安镇,据说这里是我出生的地方。我来时镇上在修路,到处都坑坑洼洼的,中间人告诉我去一家餐馆找老板娘,当初这门生意正是通过她介绍的。

我走进餐馆,看到里面有个四十岁上下的女人,正坐在椅子上看杂志。

"哟，吃什么啊？"她热情地招呼我道。

已经过了饭点，餐馆里一个人都没有，我坐下来，随便点了两个菜。但因为坐了两个多小时的长途汽车，颠得我难受，我没胃口，只是拿筷子夹了两口。

"哎呀小姑娘，你吃不下点这么多干嘛啊。"老板娘走过来，有些责怪地说道。

"啊……"我脑子里已经想好了一套说辞，"坐车坐太久了，吃不下。那个，我是来找人的。"

"找什么人啊？我们这边什么人我都认识，你说说，我听听呗。"老板娘露出了好奇的表情。

"其实……我也不知道要找的具体是谁。"

接下来，我说出了编好的故事，声称是帮身在外地的朋友找人，说朋友在外地得了病，需要直系亲属进行血液配型，结果验血后发现自己不是父母亲生的，又辗转打听到亲生父母其实在这里。

"哟……你这，可不好找。"老板娘摆了摆手，表情中已多了一分警惕。

"不好找吗？唉，这是等着救命的啊……"我夸张地露出着急的表情。

老板娘干脆坐在我旁边的椅子上，翘着二郎腿说道："现在是经济条件好了，以前我们这里穷着呢，大家都不喜欢要女孩，好多家生了女孩就往外送，送出去的多了去了，谁分得清哪个是哪个。"

我愣住了。这是我完全没有想过的可能性，我原以为自己只是极为特殊的个例，没想到竟是大量被遗弃的女婴中的一个。兴致勃勃的我被当头浇了凉水,一时间不知该怎么办才好。餐馆的老板娘不知道我在想些什么,看我那副样子只当我是在着急。

"啊,小姑娘,你别着急。你要是真等着救命嘛……你告诉我,这孩子大概是什么时候送出去的,收养孩子那边的中间人姓什么,能想起来的信息都告诉我。兴许我有办法给你问问。"

我不抱希望地将知道的信息尽可能都写下来,交给这位老板娘,并且没忘记给了她一些"辛苦费"。

两个星期后,我接到了老板娘的电话。

"小姑娘,这家人我还真给你打听到了。不过你别抱太大希望啊,我跟你说,孩子的父亲早就死了。"

我的心沉了一半,急急地追问道:"那母亲呢?"

电话那边沉默了一会儿,才压低声音似的说道:"母亲不住老家这边了,我有个侄子在东阳市里打工,说好像见过她。我给你我这个侄子的电话,你自己问问吧。"

随后她报了一个电话号码,我连忙小心地记了下来,并连连道谢。老板娘又拉拉杂杂地说了一堆,还很奇怪地说前几天也有个小姑娘来找父母,听上去连中间人都和我这边一样,我再次意识到,我只是众多被遗弃的女婴中的一个。

挂断电话,我暗自发愣了一会儿,然后强打精神拨通了那个号码。

最终,我打听到了亲生母亲的近况。

然后呢?我犹豫了。现在我已经知道了亲生母亲是谁,接下来呢?要去找她说出这一切吗?

不,我必须考虑养父母的感情。原本我是想只要知道了对方是谁,我在远处偷偷看一眼就好。但现在心里的某种情绪十分强烈,翻涌着,让我不满足于只是看一眼了。就像面前摆着一本情节离奇的小说,看到一半就忍不住放下不读了一样。

我终于还是按捺不住,偷偷关注起了她。我在网上搜集她的资料,去找她的老同事打听,渐渐地拼凑出了她这些年的生活轨迹。

我知道了她从被人瞧不起的销售员做到了现在的公司副总,我还知道她曾经将一个濒临破产的项目一手带到扭亏为盈,我知道她现在所在的公司业务涉及一些灰色地带。我看着宣传资料上她充满自信的笑容,还是深深地被打动了。

当然,除了欣喜以外我还有一丝失落,因为我知道了她现在有一个儿子。虽然这也是可以理解的,在听那位餐馆老板娘说"因为是女儿所以会被送走"之后我就想到了,也许她是想要个儿子吧。

如果只是单纯的厌恶她,也能让我彻底死心。然而我心中的情绪要更为复杂,我想要弄清楚她到底是一个怎样的人,对自己过去的那个孩子抱有什么样的想法。

我一直留意着她所在的公司的信息,有一天,他们公司的网站上发布了一条招聘启示,其中"总监助理"的岗位引起了我的注意。

大学毕业的我正好在找工作,这份工作符合我的各项需求,也是接近她的绝佳办法。面试进行得异常顺利,面试完才过了几个小时,人事部门就通知我被录用了。事实上,由于过度紧张,我的表现只能说一般,在离开公司回来的路上我都放弃了,被录用真的非常意外。

也许这也算是某种"缘份"吧。

入职后,我很小心地不露出马脚。

我的左前臂上有一小块深紫色的胎记,看起来有点像小鸟的形状,也正因如此养父母给我取了"羽"这个名字。为了避免这个胎记被注意到,我在公司就一直穿长袖的衣服,天气再热也绝不挽起袖子。

可是到了她身边之后又要怎么办呢?我也不知道。

不过真正每天都能面对她的时候,我的情绪反而平静了下来。

仔细想想,养父母把我照顾得很好,我不缺吃穿,无忧无虑。但有时我也会忍不住去想,如果她没有把我送走,而是带着我来到城市,我是否会像她现在的儿子那样,生活优渥,可以随意地出国旅游呢?

我知道,事到如今再去思考这些问题已没有任何意义了。在工作中她是一个很好的上司,处理问题时公平公正、奖罚分明。她经常在业务上提点我,让我很快就适应了工作。她还暗示过我,公司的新业务再成长一段时间,会考虑让我去当部门经理。

我当时的反应很幼稚,我急着拒绝,说我就愿意待在她身边。她听后什么都没再说,我则吓得落荒而逃。我也不知道我为什么会变成这样,是真的喜欢跟在她身边工作吗,还是被虚无的"血缘关系"所牵绊呢?

我不知道。

但我一直想问问她当初为什么要把我卖掉,只是始终鼓不起勇气开口,我怕说出来之后就再也见不到她了。

直到有一天,我和她一起在公司加班,时间挺晚了,我便叫了一份外卖送到她的办公室。正准备关门离开办公室时,她叫住了我。

"陆羽,你的生日是不是快到了?"

我入职时登记的生日当然是养父母为我注册的户口上的日子,也就是他们收养我那天。我很意外她竟然记得。

我困惑地点点头，她就从办公桌的抽屉里取出一个小盒子，说："这个送给你。"

我愣在原地，不知该收还是不该收。

"客户送的，你拿着吧。"

"您可能记错了，我的生日不是这一天。"

"啊，可是你在员工信息登记表上写的是今天吧。"她明显很吃惊。

我犹豫了一下，大着胆子报出了我打听到的应该十分接近我真实生日的日子。她听到后猛地站了起来，直直地看着我，过了一会儿才坐下。

"你是十二月生的啊……"她突然说了一句不着边际的话，"我的孩子也是在冬天出生的，我记得她很怕冷……"

"马总，我记得思明的生日是在夏天吧？"我的心脏漏跳了一拍，却仍强撑着这么说道。我帮她给儿子买过生日礼物，清楚地记得那是夏天。

"不，不是思明，我说的是另一个孩子，是在思明之前我在老家生的孩子。我来东阳打工的时候家里人没照看好她，说是着凉病死了。"

然后她笑了笑，恢复了往日的神态，说道："不好意思搞错了你的生日，这个就当是赔罪吧，来，拿着。"

那天晚上，我躺在床上，任凭情绪在体内翻腾。

27

下午，病房里很安静。探病的家属大多选择上午来，此时是病人和陪床家属午饭后的休息时间。

陆羽已经被转移到了一间双人病房，周宇在楼下买了一束浅粉色的花带了上来。

看她正坐在床上看书，周宇就在门口站了一会儿，但她好久都没有翻过一页，不知是不是出了神。

很快陆羽注意到了周宇，冲他笑了笑。周宇走进病房，把手里的花放到床头，发现床边还堆着几本书，全都是经营管理类的。他有些疑惑地问了一句。

"是马总推荐给我的，她说如果想成为像她那么厉害的人，我还要学习很多东西。"陆羽开心地说着，将手中的书放下。

"怎么样？"周宇坐到了另一张空着的病床上。

"我觉得没什么事了，但医生非要让我再观察一个星期。我恨不得现在就去上班呢……不过也不知道还有没有班可上。"陆羽那爽朗的面孔瞬间蒙上了一抹暗影。

周宇不知该怎么接话，先站起身把保温杯拿来递给了她。

"听说杀死王治国和绑架秦思明的人，是我的那位合租室友？"陆羽喝了口水，问道。

"嗯，是这样的。"

"她是早就计划好了的吗？"

"就像你一样。"

陆羽愣了一下，看向窗外，就像在故意回避周宇的视线一般。外面有一阵风吹过，窗边的树枝微微摆动起来，一只原本站在树枝上的鸟突然振翅飞了起来，掠过窗子，吸引了她的注意。

"看来你们已经知道了。"陆羽轻轻地叹了一口气，然后挽起病号服的袖子，露出了那块小小的胎记。

周宇说道："三十年前，马雪莹从高中辍学，听从父母的安排嫁给了当地的一个货车司机，并且很快就生下了一个孩子。由于当时她还没到法定结婚年龄，就没有办结婚登记手续，孩子也上不了户口。男方家嫌弃生的是女孩，便趁她外出打工的时候将这个孩子偷偷卖掉了，也就是通过中间人，卖给了你的养父母。男方家怕惹事端，对她谎称孩子生病死了。她对此深信不疑，还在家附近的山上给孩子立了一个墓碑。"

"这样啊……"陆羽伸出手，看了看手掌上的掌纹，"不过不管是什么原因，我都不在意了。"

周宇语重心长地问道："你是害怕伤害养父母，才选择那么做的吧。接下来还打算继续在'花语'工作吗？"

"我也不知道，但我……也许确实有一点点喜欢这份工作吧。"

"所以你还是想回到她身边？"

"也许吧……也许我想回去还有其他的原因，也许我是想寻求一些补偿……"陆羽又抬头看向窗外，双眼有些湿润。

过了一会儿，她终于转过头，像是控制住了汹涌的情绪。她看着周宇，认真地问道："不过，我还有一些事不太明白。"

"什么？"

"如果说宋迎秋想要嫁祸给我,为什么不做得更加认真一点呢?杀人现场并没有留下我的指纹,我在想,她完全可以提前让我去握一下那个凶器,之后再用它来杀人的话,不就能更加确实地栽赃到我身上了吗?还有,她为什么要栽赃我呢?"

"宋迎秋的目的不是误导警方,把你当成凶手。她的目的只是要让马雪莹认为你是凶手。"

陆羽瞪大了眼睛,仿佛是在努力理解这句话的含义。

"可是……这对她有什么好处呢?"

"没有好处。"

陆羽表示不解。

"宋迎秋的很多行为看起来确实像是想要栽赃你,让你成为案件的主谋。比如她使用你养母的银行卡作为敲诈勒索时收钱的工具,比如在现场故意留下粉色粉末,让警方怀疑到你身上。比如将只有你才知道的马雪莹的行程告诉王治国,并让王治国进行跟踪,再比如引导你出现在秦思明的绑架现场……她安排了这么多,就是为了确保让人去怀疑你,但是这些安排又全都经不起推敲。

"乍看上去全都明明白白地指向你,但只要稍微确认一下,就会发现其中的漏洞。如果宋迎秋真的是想要栽赃陷害你,让你成为凶手,她只需在犯罪现场下更多功夫就好,完全没有必要做其他的安排。还有银行卡转账这种行为,简直就是把犯罪当儿戏,警方稍微调查,这些'证据'就没有任何一条能立得住脚。所以她想骗的不是警方,她只是想骗马雪莹,想让马雪莹认为你是这一切的主谋,仅此而已。"

"为什么?我不明白,她这么做的目的是什么呢?"陆羽喃喃问道,声音有些颤抖。也许她已经想到了答案,只是不敢将那个答案说出口。

"她的目的只是想让马雪莹认为是你绑架了秦思明,是你策划了一切,所有的安排都是为了这个目的而打造的。比如在犯罪现场,她没有想办法在凶器上留下你的指纹,而是一定要留下粉色的粉末,这项证据并不是要留给警察来验证的,而是想让除了凶手和警察之外,会听从安排前往犯罪现场处理尸体的马雪莹去辨认……"

陆羽深吸了一口气,似乎是在为迎接那个最后的答案做着心理准备。

"你已经猜到了吧……"周宇淡淡地说着,"她想让马雪莹亲手杀死你,然后再告诉她你是谁……诱导马雪莹杀死自己的孩子,这是她能想到的最大的惩罚。"

陆羽愣住了。过了好一会儿,她夸张地做出满不在意的样子,耸了耸肩。

"真是太愚蠢了,马总她根本就不会在乎吧。"似乎是为了加深这一想法,陆羽紧紧地攥着手,"她只喜欢儿子。"

"你为什么会这么想?"

陆羽无力地笑了笑,说:"这么多年她都没回过东安镇,如果她真的在乎,应该会想回去看看吧,即便孩子已经死了……"

她的声音越来越小,也许连她自己都觉得这个理由非常荒谬。

周宇拿出手机,选中了一张照片拿给陆羽看。

照片上照到了一个牌子,上面写着"东阳静安陵园",陆羽知道那是东阳市郊的一处陵园。照片中心有一块方方正正的白色墓碑。

上面有一行金色的字:

爱女　马思月之墓

墓碑下面放着一束精致的白色鲜花，花下面还压了一张小卡片。虽然看不清卡片上的字，但能隐约看到卡片上有一只小鸟的图案。

陆羽看着照片，久久没有说话，只是双手有些颤抖。

"她说，她给你取的名字是思月。"

周宇走出病房后，听到从里面传出轻微的哭泣声。他摇摇头，走进空荡荡的电梯下了楼。

外面的阳光很好，他将手伸进口袋里，拿出那两张方纹送的音乐会门票看了看。之前答应了父母要和相亲对象见面、吃饭，晚上再一起去听音乐会。

尽管他对这件事毫无兴致，但他知道，这样看起来充满无奈的平凡生活，可能已是无数人羡慕不已、终其一生都无法得到的幸福了。

图书在版编目（CIP）数据

深藏于骨 / 赵婧怡著. -- 北京：新星出版社，2022.8
ISBN 978-7-5133-4982-6

Ⅰ.①深… Ⅱ.①赵… Ⅲ.①推理小说－中国－当代 Ⅳ.① I247.5

中国版本图书馆 CIP 数据核字（2022）第 117700 号

午夜文库
谢刚 主持

深藏于骨

赵婧怡 著

责任编辑：赵笑笑
责任校对：刘 义
责任印制：李珊珊
装帧设计：人马艺术设计 · 储平

出版发行	新星出版社
出 版 人	马汝军
社　　址	北京市西城区车公庄大街丙3号楼　　100044
网　　址	www.newstarpress.com
电　　话	010-88310888
传　　真	010-65270449
法律顾问	北京市岳成律师事务所

读者服务：010-88310811　　service@newstarpress.com
邮购地址：北京市西城区车公庄大街丙3号楼　　100044

印　　刷	北京天恒嘉业印刷有限公司
开　　本	910mm×1230mm　　1/32
印　　张	8
字　　数	185千字
版　　次	2022年8月第一版　　2022年8月第一次印刷
书　　号	ISBN 978-7-5133-4982-6
定　　价	45.00元

版权专有，侵权必究；如有质量问题，请与印刷厂联系调换。